A级通缉令

轩胖儿 著

辽宁人民出版社

© 轩胖儿 2022

图书在版编目（CIP）数据

A 级通缉令 / 轩胖儿著 . —沈阳：辽宁人民出版社，
2022.1

（暗夜悬疑小说系列）

ISBN 978-7-205-10382-8

Ⅰ . ① A… Ⅱ . ①轩… Ⅲ . ①长篇小说—中国—当代
Ⅳ . ① I247.5

中国版本图书馆 CIP 数据核字（2021）第 263805 号

出版发行：辽宁人民出版社
　　　　　地址：沈阳市和平区十一纬路 25 号　邮编：110003
　　　　　电话：024-23284321（邮　购）　024-23284324（发行部）
　　　　　传真：024-23284191（发行部）　024-23284304（办公室）
　　　　　http://www.lnpph.com.cn

印　　　刷：北京长宁印刷有限公司天津分公司

幅面尺寸：145mm×210mm

印　张：7

字　数：196 千字

出版时间：2022 年 1 月第 1 版

印刷时间：2022 年 1 月第 1 次印刷

责任编辑：赵维宁

封面设计：乐　翁

版式设计：一诺设计

责任校对：郑　佳

书　号：ISBN 978-7-205-10382-8

定　价：49.80 元

目 录

第一章　A级通缉

A级通缉令是最高等级的通缉令，一般适用于重大、特大案的在逃犯人，录入全国公安信息网络和全国在逃人员信息系统中，互联网信息、各个地区的警力以及巨额悬赏金织成一张巨大的法网，欲将犯罪分子迅速缉拿归案。

刘天昊曾申请了很多张A级通缉令，但他从没想过自己会出现在通缉令上，通缉令上是他为数不多的穿便装的照片，除了案情的基本陈述外，在标注上还多了一行：拥有较强的反侦察能力，精通擒拿格斗，持有警用枪械，极度危险。

NY市以及周边地区的警察都在找他，在众警察眼里，除了A级通缉令的等级外，还有一条，刘天昊的反侦察能力和体能、格斗等都属一流，谁要是第一个抓到他，这光环和荣誉会戴在头上一辈子。

天网、海燕以及个人安装的摄像头不计其数，加上网络信息的发达，想要在这种条件下隐匿或潜逃的难度非常大。刘天昊却创造了一个奇迹，打晕看守他的警察逃跑后，已经过了三天时间，别说抓到他，就连影子也没看到，令全NY市的警察们都郁闷起来。

虞乘风、韩孟丹、刘明阳、王佳佳、许安然等人和刘天昊关系密切，已被警方严密监控。

案情重大，又涉及警方人员，为了更快地破案，钱局把齐维从出差地紧急调回，成立专案组侦破刘天昊一案。

齐维接到命令后也是一头雾水，刘天昊身为刑警，为什么会知法犯法？而且还是杀人的大罪。

带着疑问，他回到刑警大队，来到法医鉴定中心和虞乘风、韩孟丹进行交接，与其同来的还有刑警阿哲等人。

钱局说了几句官话后就离开了，韩忠义也没有任何表示，冲着韩孟丹和虞乘风两人叹了一口气，朝着其他几名法医挥了挥手，带着众人离开房间。

偌大的法医鉴定中心内只剩下齐维等四人，房间内很安静，静得空气几乎快凝结成水滴。

齐维清了清嗓子："两位，我知道刘队出事后，你们心情不好……"

韩孟丹面无表情地把一摞子资料摔在桌子上，又从口袋里拿出一个U盘，放在资料上，语气冷淡并带有敌意："案件所有的资料都在这儿，你自己看吧。"

齐维没再说什么，默默地走上前拿资料，手还未碰到资料，韩孟丹的手按在资料上，盯着齐维的眼睛："昊子当了很多年警察，知道杀人是什么罪行，他……"

齐维毫不客气地反驳道："正因为他是老刑警，知道杀人偿命，所以才伪造了现场，在事败后潜逃。"齐维捏住资料说道。

"你……"韩孟丹没想到齐维会这样说。

阿哲见火药味十足，便急忙上前打圆场："孟丹姐，齐队说的不是那个意思……"

"我就是那个意思，我在回来的路上已经向韩队询问过案情了，如果刘天昊没杀人，为什么会选择打伤同事逃跑？虽然案发后他无法参与破案，但作为嫌疑人，他完全可以向韩队提供更多的线索，相信以韩队的能力很快就能破案，他却逆其道而行，不相信组织，不相信领导，擅自做主畏罪潜逃。"齐维说罢用力一抽，把资料拿在手上。

"你少说官话套话，大家心里都知道昊子不会犯罪！"韩孟丹气得眼泪差点没掉下来。她和虞乘风都相信刘天昊，也容不得别人污蔑他。

"这就是钱局不让你俩参与这件案子的原因，太主观臆断了。破案要的是证据，不是硬着脖颈子犟嘴。"齐维依然是一脸平静，并未受到韩孟丹情绪的影响。

韩孟丹一巴掌拍在桌子上，发出砰的一声。

"刘天昊潜逃三天而不露一点踪迹，说明警方内部可能有人给他通风报信以及有财力物力的支援。"齐维盯着韩孟丹说道。

韩孟丹眼神闪烁了一下，随后迎着齐维质问的目光："你这话是什么意思，我和乘风难道会徇私枉法吗？"

齐维哼了一声："除了你俩，还有谁能掌握警方的行动，还有谁值得刘天昊信任？"

韩孟丹听到这话后气得脸色铁青、嘴唇直抖，正要反唇相讥，虞乘风急忙拉了拉她的衣袖，打圆场说道："齐队对这件案子了解比较少，先让他和阿哲看看卷宗，然后咱们再讨论。"

韩孟丹白了齐维一眼，哼了一声转身向外走去。

齐维缓了一阵，心情平复些后才翻开纸质的资料。

......

案子是三天前发生的，受害者叫朱占林，男性，32岁，原本是做小额高利贷的，后来因为几笔坏账无法收回而停止业务，现在是一家金融服务公司的员工，做的是高利贷催收员，打黑除恶活动开展后，催收手段也由原本的打砸、威胁、伤害等非法手段改成骚扰、写大字报、跟踪家人等地赖子行为，算不上犯法，但会造成欠债者生活的诸多不便。

朱占林曾参与过一起因高利贷引发的故意伤害案，刘天昊沿着线索查到朱占林，朱占林闻讯后立刻逃跑，最终被刘天昊堵在了位于郊区的一个仓库内。从距离仓库最近的一个监控视频和死者死亡时间推断，刘天昊和嫌疑人在仓库中大约待了20分钟。

报案者是一名拾荒者，在经过仓库附近时听到了枪声，随后立刻报了案，附近的巡逻警力10分钟后赶到现场处置。

案发现场是一个闲置的仓库，面积很大，进门后可以看出这是一个横向的仓库。纵向大约20米长，横向距离有100多米，仓库内每隔10米左右会有一根混凝土柱子作为支撑，仓库的墙是老式的单层红砖墙，棚顶是三角铁梁加上铁皮的结构，大门是双扇向外开的，三角铁的框架加上木板的结构，里面是一个很粗的门闩，大门口有一张破木床，上面放着一床被老鼠嗑得破破烂烂的褥子。

巡逻警员破门后，发现只有刘天昊和嫌疑犯在场，刘天昊脸部和头部有瘀伤，右手有擦伤，他出示了警官证后就一直保持着沉默。一名巡逻警员到警车上向总台汇报情况，负责看管的民警出于信任并未给刘天昊戴手铐，在韩忠义等人赶往现场期间，他打晕了看守民警潜逃。

由于刘天昊的逃跑，得不到有效的口供，只得按照现场所留下的痕迹进行判定，韩忠义等人到现场勘查很细致，几乎每一寸空间都留下了照片，现场只要能挪得走的物件都搬到了刑警大队作为物证，以免遭遇自然环境或者人为破坏。

韩忠义发现大门一旦从里面插上门闩，从外面无法打开，半米见方的三扇小窗户上的拇指粗细的钢条完好无损，属于空间与外界有接触的相对密室。

死者朱占林被一枪射中心脏而死，又通过弹道实验和现场发现的子弹壳，确定子弹是从刘天昊的警枪射击出来的。

刘天昊在追击嫌疑人过程中一共开了两枪，一枪是鸣枪警告，在距离仓库300米的地方开的枪，找到了弹壳，但弹头儿未找到，另一枪是在仓库开的，精准地命中了朱占林的心脏。

仓库里只有一些废弃的木箱，木箱大约一米见方，散放在仓库，除此外并无其他遮掩物，朱占林身上并无凶器，没有任何伤痕，衣物保持着完整，说明生前并未与刘天昊进行过搏斗。

一名手无寸铁的嫌疑犯，一名持有警枪且精通格斗的警察，朱占林已经失去了反抗能力，刘天昊为什么会开枪杀死朱占林？

……

齐维边翻看资料边思索着，听见阿哲喊了一声，便收起思绪走到电脑边，看到屏幕上是一张照片，地面上画着一个白圈，注明标号A1，A1点是仓库进门后靠右侧35米距离的位置，A1点有一个木箱，在木箱上发现了硝烟反应，推断这是刘天昊开枪的地点。

另一个白圈则是死者中枪倒地的位置，距离刘天昊站立的位置60米左右，前方有一个木箱。

"很可能是嫌疑犯隐藏在木箱后，等刘队走到这个位置时，他突然站起身准备逃跑，刘队这才开了枪！"阿哲分析道。

齐维没说话，端着下巴皱着眉头思索着。

"仓库光线并不好，能在50米的距离仓促开枪，用手枪一枪命中对手心脏，在 NY 警界，也只有您和刘队才能做到了。"阿哲说道。

案子的疑点很多，可惜的是，刘天昊逃走了，否则肯定会得到很多关键线索。

"把所有的物证按照案发当时的样子还厚，我要去一趟案发现场。"齐维望向嗡嗡作响的停尸柜，受害者朱占林的尸体还放在里面。

第二章　模糊的记忆

刘天昊终于体会了霸王项羽四面楚歌的感受，每一步都要小心翼翼，不能用微信、不能使用手机、信用卡，尽量少和人接触、不能乘坐公共交通工具，到街头小超市买少量的面包和矿泉水充饥。

他是 NY 市的名人，在警界几乎没有不认识他的，加上这次的通缉令以及警方的 10 万元悬赏金，又提高了他的知名度。

逃跑不是目的，目的是为了破案，为了洗清冤屈。

先说朱占林，他的行为不符合在逃犯的特征。在逃犯见到警察就像老鼠见到猫一般，能跑早就跑了。朱占林发现刘天昊后却不慌不忙，一点点地诱刘天昊入局，诱他来到郊区、仓库，把仓库变成密室，然后死在里面。

刘天昊清晰地记得他一共开了两枪，第一枪是在仓库附近开的，当时朱占林不知为何，开始拼命地跑，刘天昊已无法再保持暗地跟踪，只得追击并鸣枪示警。

第二枪在仓库，他是在半昏迷的状态下开的枪。当他进入仓库后，他闻到了一股奇怪的味道，有些甜，又有些刺鼻，当时他并未在意，进入仓库寻找时，他感到头有些晕，思考能力也受到了限制，时不时地大脑一片空白，要不是及时地咬了咬舌头，怕是会晕过去。

他恍惚中看到仓库另一头的木箱子后突然站起一个人，好像是朱占林，又好像不是，那人向大门口方向跑去。刘天昊感觉到一股危险临近，这股危险完全是出于他的第六感，作为警察，应对危险靠的是下意识反应，在昏倒之前，他朝着危险的方向开了一枪，朱占林随着枪响倒地，恍惚中，他还听到了一声奇怪的声音，与此同时那股危险渐渐地消散了，他终于松了一口气，正要掏出手机联系虞乘风，却发现手脚已经不听使唤，眼皮更是千斤重一般，他一个支撑不住重重地扑在地面上……

当他醒来时，他的脸上火辣辣的，头部随着心脏的跳动而剧痛着，他强忍不适准备爬起来，却发现一名年轻的警察正警惕地望着他，警察下意识地摸出电警棍，两个明晃晃的金属头儿冲着他："别动！"随后他边盯着刘天昊边喊着："王处，王处！"

一辆巡逻车一般配置两到三名警员，其中一人是正规编制，配置的一把手枪必须是正规编制警察持有，其他警员持有的是电警棍等常用警械。年轻的警察是辅警，被叫王处的是一名年长的警察，因为是军队副团职转业干部转到公安系统的，对应的是虚职副处级别，所以大伙儿尊称他为王处长，简称王处。

王处正站在五十多米开外，蹲在地上观察着尸体，听到年轻警察的呼叫声后，立刻站起身，拔出随身的手枪朝着刘天昊的方向比画了一下："别乱动啊，趴好！"

刘天昊叹了一口气，吹得地面上烟尘飞起，呛得他一阵咳嗽："自己人，是自己人。我的证件在上衣内右侧衣兜里，你们看看。"

王处朝着年轻警察比画了一下，年轻警察慢慢上前掀开刘天昊的夹克，从里面拽出一个证件，看了一眼后递给王处。

"刘天昊，刘队！"王处显然对刘天昊并不陌生。

刘天昊苦笑一声，点了点头。

"赶紧扶起来，快点。"王处说道。

年轻警察扶着刘天昊起了身，刘天昊拍了拍身上的土，正要说话，有一名小眼睛警察从仓库大门走了进来，手上拎着一个透明的证物袋："王处，和总台核实过了，枪是警枪，是刑警大队刘天昊的枪。"

"我就是刘天昊！"刘天昊冲着小眼睛警察挥了挥手。

小眼睛警察一愣，征求意见般地看向王处。王处也没主意，犹豫了一下。

刘天昊不知为何，心中突然一股无名火涌了上来，厉声喝道："把枪给我！"

小眼睛警察吓了一跳，下意识地把枪递给刘天昊。

王处见此也只好无奈地点点头，他知道刘天昊的大名，看情形刘天昊这是在破案过程中与歹徒动了枪，对于普通警察而言，这种事很罕见，但对于刑警，动枪算是常态化的事儿，他们面对的几乎都是穷凶极恶的歹徒，慢了一步很有可能就会牺牲。

"刘队，这咋回事？"王处向刘天昊问道。

刘天昊从证物袋里拿出枪，拔下子弹夹，看了下子弹只剩下 5 颗，又装好插回枪套里："不好意思啊兄弟，头胀得厉害，脾气没控制好。这件事儿吧……说来话长……"

见刘天昊话说了一半，年轻警察说道："刘队，我们来时这个房间从里面插上了，从外面根本没法进来，而案发现场只有你和受害者，这……"

年轻警察的意思很明显，就算你是警察在办案，也没必要把仓库的大门关上，然后在里面开枪杀人，从案发现场的线索来看，受害者手上并无凶器，面对一名全副武装的警察只能束手就擒，刘天昊没理由开枪。

刘天昊没有回答，只是机械性地点点头，强忍着头痛向尸体走去，一边走一边回忆着昏迷之前的经历，令他更加头痛的是，那段记忆竟然很模糊……

尸体是趴在地面上的，地面上流了一大摊血迹，血液已经完全凝结，呈现暗红色，从地面上的脚印和尸体的姿态来看，应该是死者在跑动过程中被枪打中，刘天昊回头看了一眼自己昏倒的地方，和死者倒地的位置都没有障碍物。

微微翻动一下尸体，看到死者血液是从胸前流出来的，胸前的伤口有些肿胀，翻动尸体时，红黑色的血液从伤口流出了一些，显然这一枪命中了心脏，造成死者当场死亡。

他站起身看了看离死者不远处的木箱，地面上有几个脚印，还有人蹲在地上时手指按着地面的指印，应该是死者在逃跑之前躲在木箱后面。

这些线索和刘天昊的记忆对上了，但他到现在也想不明白，朱占林手无寸铁，不可能对他产生那么大的威胁，可当时那股危险的的确确地存在，眼睛可以骗人，但直觉却很少骗人。

他起身走到墙边，墙上的窗户距离地面两米多高，他用手指扒着窗户下沿引体向上向窗户看，发现窗户的铁栅栏虽说有些锈迹，但依然很牢固，两根铁棍之间的缝隙大约有 15 厘米，人是肯定进不来，查看了另外两个窗户，也都是一样的状态。

大门的门闩和门环从门上脱落下来，新鲜的淡黄色木板茬儿向外散着，大门外有两个清晰的大鞋印，从鞋印花纹来看是警用的高靿皮靴，应该是两名年轻辅警踹大门造成的。

除了三处窗户和大门之外，仓库四面都是围墙，棚顶三角铁架和铁皮形成了一个密室！

"我为什么要杀他？"刘天昊走到自己昏倒的位置，看着地面上的痕迹发愣。

王处等人在门口嘀嘀咕咕地商量着，小眼睛警察不时地朝着刘天昊的方向看着，显然他们对刘天昊是抱有怀疑的态度。

刘天昊只记得当时他闻到了一股比较怪的味道，刚才从仓库转了一圈，除了一张破床和几个木箱之外，并没发现那种气味的来源。再结合朱占林古怪的行为，刘天昊突然想到一件可怕的事儿，朱占林的出现，随后又把他引到这里，这一切都是局，是提前计划好的，目的就是为了诱他入局，至于为什么，他现在还弄不清楚，但有一点已经很明显，他现在成了杀人犯！

王处和小眼睛警察商量着离开了仓库，而那名年轻警察站在门口警惕地盯着刘天昊。

王处和小眼睛警察回到警车商量对策，刘天昊不是他们可以得罪的，但事情发生了，又不能不管，最好的方式就是向上级汇报，仓库附近没有手机信号塔，信号很微弱，只好回到车上用指挥台汇报。

当两人和刑警大队韩忠义沟通并汇报了情况后，再次回到仓库门前，他们惊讶地发现年轻警察倒在了地上，刘天昊已不见踪影！

第三章　生存

夜是安静的，夜的黑令人恐惧，但有时候也会给人带来安全感。

刘天昊借着黑暗迅速地完成了乔装，当他蹲在一处隐蔽的天桥下避风时，甚至没人愿意正眼看这名猥琐的流浪汉。

NY市春天的夜晚依然寒冷，体温的迅速下降让他的大脑清醒起来。

整个事件肯定有一个幕后黑手在操纵，目的现在还不可知，但一定和刘天昊有关，或是报复或是不想让刘天昊继续查某件案子。一旦刘天昊被抓起来，幕后黑手达到了目的，这盘棋就会成为一盘死棋，只有他变成活棋子儿，这盘棋才有走下去的可能，这就是他选择逃走的原因。

如果不能揪出幕后真凶，涉嫌杀人、袭警、畏罪潜逃，他怕是很难再翻身。他敢于这样做还在于他有两名值得信任的战友，韩孟丹和虞乘风，加上师父韩忠义。

但出乎意料的是，韩忠义是他师父，为了避嫌率先退出了案子，其他警员又不足以担负起破案的重任，钱局把出差的齐维调了回来主持专案组，齐维的破案路数就是不走寻常路，和韩孟丹、虞乘风肯定会有碰撞，按照齐维的性格和行事方式，最终会绕过两人独立查案。

面对破案手段不拘一格的齐维，刘天昊并无太大把握，两人的第一次交锋是因为同一件案子，一个是凶手，另一人是警察。

身份和地位的转变让刘天昊不由自主地叹了一口气，以前蹲点时他乔装打扮过，也风餐露宿过，条件甚至比现在还要苦，但那时心中有一口浩然正气，再苦再累也不觉得，现在却不同，他成了逃犯，不但要克服生理上的困难，还有心理上的……

齐维查案果然手法独特，他到任后的第一道命令就是撤了车站、高速路口的排查警力，随后又撤了分布在 NY 市各个角落的蹲点，该放假的放假，该下班的下班。

他这样做是有原因的，一方面是刘天昊的反侦查能力很强，又非常熟悉警方的部署，如果只是单纯地外逃，就算布下天罗地网也挡不住他，索性还不如撤了，让对方摸不着头脑。另一方面是为了试探刘天昊是否真的杀了人。

退一步说，假如刘天昊真的杀了人，在中国这样严治安的大环境下，抓到他只是时间问题。

他把有限的警力都放在监视王佳佳、老蛤蟆、赵清雅、虞乘风、韩孟丹、刘明阳、许安然等人身上，刘天昊无论想做任何事，没有帮手绝对行不通，而他的社会关系比较简单，可以信任的又有能力的人只有那么几个。

只要盯住了他们，就等于控制了刘天昊的手、腿和眼睛。

齐维做的第二件事是恢复案发现场，除了朱占林的尸体和刘天昊本人之外，要求虞乘风一样不差地把现场还原好。

虞乘风把当时出警的王处三人请来，一丝不苟地还原了现场。

一切布置好后，他站在案发现场刘天昊昏倒的位置，朝着朱占林尸体的方向看了看，随后向脸上还有些淤青的年轻警察问道："兄弟，你们进入仓库看到刘队是什么状态？"

年轻警察指了指地面："他就趴在地上，右手拿着手枪。"

"怎么趴着的？"齐维问道，随后用手做了一个请的动作，意思是让年轻警察示范一下。

年轻警察暗自叹了一口气，但慑于齐维的名气，不得不按照刘天昊的姿态趴在地上："就是这样。"

齐维拿出手枪，塞在年轻警察手里："手枪是怎么拿着的？"

年轻警察脸上有些不耐烦，他不明白齐维为什么追问这些无所谓的细节："就是这样！"

年轻警察把食指轻轻地扣在扳机上，然后又轻轻地把手放在地面上，整个人趴在了地上。

齐维看了看后，扶起年轻警察，接过手枪，笑着说道："谢谢你啦兄弟，我也是为了破案，让你受委屈了！"

"没事，应该的。"年轻警察听了齐维的话心里一暖，刚才的不快烟消云散。

这就是齐维的魅力，很会和人打交道，就算开始有些不快，也会被他迅速化解。

"兄弟，你再帮我个忙，你站在尸体扑倒前的地方。"齐维说道。

年轻警察点点头，立刻跑到朱占林尸体的位置，看了看，退后一步，站定后向齐维做了一个"OK"的手势。

齐维按照刘天昊昏倒的位置趴好，随后又站起身，又趴倒，还不时地拿出手枪向年轻警察的方向比画着。

"死者死亡时间确定了吗？"齐维趴在地上问着。

"死亡时间应该在案发当天下午四点半左右。"虞乘风回答道。

齐维站起身看了看手表，时间指向下午四点，又看了看三扇窗户和敞开的大门："乘风，你帮我把大门关上。"

虞乘风应了一声，把大门关上。

阳光立刻被屏蔽在外，仅从门缝和三扇窗户漏进来一些光线，仓库中的能见度瞬间低了下来。

齐维缓了一阵才适应了黑暗，小声地嘀咕着："这一枪开得有些蹊跷！"

"乘风，你是老刑警了，多次参加市里举行的射击比赛，你说我和刘天昊谁的枪法更准？"齐维问道。

在 NY 市警界，说到枪法，当数刘天昊和齐维两人，连韩忠义都不是他们的对手，当年齐维势头正盛时，每年的射击冠军都是他，直到刘天昊来了后，两人算是平分秋色。

"你俩差不多吧。"虞乘风有些为难。

齐维把虞乘风拉到刘天昊昏倒的地方，指着年轻警察站着的位置，问道："如果我现在让你开枪打他，你有多大把握一枪射中他的心脏？"

虞乘风看了看年轻警察，因为光线的问题，勉强可以看到有个人站在那儿，却看不清，而且年轻警察是向着大门方向做奔跑的姿势，大部分是身体侧对着刘天昊。

"就算侥幸能打中死者，中枪的部位和角度也和正面中枪有所区别。"齐维说道。

虞乘风好像明白了齐维的意思，思索了一阵说道："咱们应该回法医鉴定中心去看看验尸结果！"

齐维露出自信的笑容，说道："没错！"

……

神探查案的手段可能各有不同，但相同的是思维。齐维能想得到，刘天昊自然也能想得到。

乔装只能瞒得了一时，时间久了势必会露出破绽，一旦被抓起来，他这个活棋子就会变成死棋失去作用，案情的真相可能永远沉寂。

但想要和外界重新恢复联系获取实时信息，必须要有助手协助才行。韩孟丹和虞乘风原本是最合适的人选，但齐维一定不会放过这条线索，会让人监听二人的手机和一切联络方式，甚至可能派人盯梢。韩忠义因为过于稳重，肯定让他自首，把事情说清楚，也会把一盘活棋变成死棋。

王佳佳、老蛤蟆等人作为刘天昊的死党，刘明阳是刘天昊的叔叔，而且曾经也是一名神探级别的警察，自然也逃不过齐维的监视，还包括大师姐赵清雅，和刘天昊关系如同姐弟一般，所以这些人都不能联系。

　　刘天昊掰了掰手指头，发现除了这几个人之外，再也没有其他合适的人选，他叹了一口气，裹了裹身上的衣服，警惕地盯着过往的几名年轻人。

　　当他关闭手机，花光了身上最后的现金后，他就陷入了窘迫当中，他发现目前最大的障碍不是齐维，也不是没有值得信任的伙伴，而是最基本的生存。

　　现在非常流行手机支付，而忽视了现金，他平时很少在口袋里带现金，信用卡又不能用，在大城市里生活，没有钱寸步难行。

　　渴了可以到公共卫生间喝一点自来水，食物却得用钱来买，如果去翻垃圾箱，以刘天昊的胃肠怕是很难适应，要是闹了肚子恐怕更支撑不了几天。

　　饿到第二天后，他只得到一些快餐店附近，见有人吃完饭，就急忙冲进店里去，拿着剩下的快餐在人们异样目光的注视下快速逃离，他知道这不是长久办法，一旦被社区治安协管员盯上，很有可能会报警并把他遣送到收容所，他的身份自然不攻自破。

　　当务之急得先弄到一笔钱，谋生存才能求发展。

　　女性的爱美之心可以让她们忘记寒冷、忘记病痛，当刘天昊看到面前走过的一群大长腿美女后，他想到了一个人。

第四章　紧随而至

自打"裂变"一案后，大律师慕容雪失去了神志，变成了行尸走肉，在一家私人医院接受治疗，妹妹慕容霜辞去了蒋小琴的秘书一职，专职照顾姐姐慕容雪。

私人医院的医疗科技属世界顶级，但对慕容雪的病情仍然毫无办法，甚至无法用西医的体系理论来解释，慕容雪的病情引起了西方一些灵魂学家的关注，纷纷来到私人医院查看，但最终也都没有结果。

照顾一名失去神志的病人是枯燥无味的，尤其是喜爱运动的慕容霜，幸好私人医院的护理非常周到，能够让她腾出一些闲余时间出门锻炼身体。

私人医院建在郊区，环境比较幽静，道路上的人很少，到了夜间，更是人迹罕至。

慕容霜是特种兵出身，跑步不像普通健身者那样慢跑，而是榨干体能的极限跑步。跑完5000米后，她已经拼尽了最后一丝力气，双手挂着膝盖大口喘气。第六感却告诉她危险即将而至，她下意识地转过身以搏击的姿势应对来人。

来人是名上了年纪的人，头发凌乱得如同夏枯草，脸上满是污迹，在幽暗的灯光下甚至很难分辨出对方的五官，他身材高大，有些驼背。但从他轻快的脚步来看，却不像是年老的流浪汉。

幸运的是，来人见到她做出警惕的姿态后立刻停住脚步，手上做了一个噤声的手势。

"小霜，我是刘天昊！"来人小声地说道。

慕容霜并没有放松警惕，依然用不信任的目光盯着对方，同时向后退了一步。她眯着眼睛打量了他几眼，而刘天昊也挺直了身子，把头上乱蓬蓬的假发摘了下来，露出小平头。

"真的是你！"慕容霜惊讶地说道，随后她又警惕地看向四周。

"附近没人，我早就侦察过了，这个时间这条路除了你不会有人经过。"刘天昊苦笑着，随后把目光看向慕容霜手上的矿泉水。

他的嘴唇已经干裂得爆皮，脸上很脏。

慕容霜急忙把水递给他，笑嘻嘻地问道："你就这么相信我？不怕我把你抓了换悬赏金？"

刘天昊几乎一口把水喝干，抹了抹嘴说道："你不会出卖我的，我相信你！"

慕容霜笑了笑，从随身的腰包中拿出手机，冲着刘天昊拍了一张照片。闪光灯吓了刘天昊一跳："你干什么？"

刘天昊不担心慕容霜出卖他，但如果他潜逃计划失败被抓，慕容霜手机里这张照片就会成为她包庇罪犯的证据。

"快删了。"刘天昊有些着急，几乎在闪光灯闪过的同时伸手去抢。

慕容霜嘻嘻一笑，急忙把手机放进腰包里，她的腰包是紧贴着衣服的，衣服也是贴身的紧身衣，把她优美的线条展现得淋漓尽致，要是刘天昊不缩手，很有可能会触碰到她的身上。

刘天昊叹了一口气，缩回了手："你最好别留我的照片，否则……"

"我不怕，我要留着你这张窘态的照片，说不定以后还可以有点别的用处。说吧，找我干啥？"慕容霜是当兵的出身，很直爽。

"先借我点钱，我两天没吃饭了。"刘天昊可怜巴巴地伸出手。

慕容霜被刘天昊的样子逗得立刻笑了起来："还有吗？"

刘天昊放下手："我还需要一部手机，用你的号码，还有你的化妆品。"

手机是用来和韩孟丹等人联系用的，化妆品则是用来化妆的。

慕容霜点点头："没问题，不过我身上可没带现金，需要回医院去拿。"说完她摆了个姿势，以展示她身上的确没有放现金的地方。

刘天昊避开慕容霜火热的眼神，低下头清了清嗓子，说道："那我先到那边的小树林躲一阵，拜托了。"

刘天昊并未再多说话，转身离开了道路，消失在黑暗中。

慕容霜看着刘天昊消失的背影，心情有些复杂，轻叹一口气后，她迈开大步向医院跑去。

山脚下有一片二十来亩的小树林，是人工栽植的杨树，此时还未入夏，树枝刚刚发芽还未长出叶子来，看起来有些空旷。

当慕容霜来到小树林时，却未发现刘天昊的身影。她是特种兵出身，侦察是基本技能，曾经在部队时，这个科目的成绩她永远是优秀，可找遍了小树林，却没见到刘天昊的影子。

"昊子！"慕容霜学着王佳佳叫着他的名字。

轻声叫了几句之后，刘天昊依然没有出现，她叹了一口气，小声嘀咕着:"他还是不信我!"

刘天昊的声音从她的背后响起:"我相信你,但更相信齐维的能力,也许他现在就藏在附近准备伏击抓捕我,所以我不得不谨慎一些!"

慕容霜一转身,看到刘天昊已经站在自己身前,微微笑了笑,说道:"你还真挺厉害,光凭着隐匿的功夫,就比我强很多。"

慕容霜一来到树林,刘天昊就已经知道,他并未直接出面,而是又沿着树林外圈查探了一圈之后才和她碰面,以免有"尾巴"跟踪。慕容霜在部队是女子特种兵,侦察和反侦察是常设的科目,在部队的几年里,她一直是整个大队最优秀的士兵。

她换了一身休闲运动服,宽松的运动裤却掩饰不住她身材的修长,加上扎得很高的马尾辫,浓浓的青春气息不停地散发出来。

她把手上拎着的一个口袋递给刘天昊,里面装的是几个面包和火腿,还有两瓶矿泉水:"老外开的医院没啥好吃的,这是我外出时买的,你将就一下吧。"

刘天昊的眼睛突然闪出一股绿光,好像饿了好多天的狼一般,撕开面包的包装,几口就把一个面包吞掉,又吃了一根火腿肠,咕嘟咕嘟喝了一瓶水,这才长长地喘了一口气,说道:"饿可真不是滋味。"

由于物质的极大发展,现代人吃穿不愁,很少有人会体验到挨饿的滋味,这一次潜逃所受的苦让刘天昊感触颇深,意识到安稳的社会环境、美满的家庭对于人来说有多么重要。

慕容霜看着刘天昊狼狈的样子摇了摇头,从口袋里掏出一个手帕,上前给刘天昊擦了擦嘴。

刘天昊愣了一下,本能地向后躲了一下,但看到慕容霜俏皮地看着他时，他憨笑了一下，欣然地接受了对方的行为，他闻到一股女人身上独有的幽香，再看到慕容霜带着英气的精致面孔，也不由得心神荡漾，若不是脸上的污迹，若不是夜间光线不好，怕是会被对方看到他脸红的样子。

慕容霜没有半点拘泥，收起手帕后从上衣口袋里掏出一部手机和一叠现金："现金就这么多，手机是我姐的，满电，应该够你用两天的了，我和我姐有微信，有什么需要尽管和我说，不用担心我有没有法律责任的问题。"

慕容霜说话干净利落，军人作风体现得淋漓尽致。

"你不怕我会牵连你？"刘天昊接过手机和钱，又抬起头看着慕容霜。

慕容霜白了他一眼，反问道："你找我的时候想过这个问题吗？"

刘天昊咧嘴笑了笑，和明白人说话一点就透，要是糊涂人，估计说破嘴皮子也没用。

慕容霜看刘天昊的眼神有些复杂，又说道："案情是怎么样的我不知道，但我相信你。"

刘天昊听到这话后莫名地感动了一下，能在他落难的时候帮助他，这才是真正的朋友。

"谢谢。"刘天昊几乎没流过眼泪，可现在他的眼睛却出现了一些潮气。

"哎哎，大男人可别流泪，我可不喜欢多愁善感的男人。"慕容霜的一句话又把刘天昊逗乐了。

他不是木头人，知道她对他有男女之间的好感，但他还有最大的一块心病——"NY 五号案件"，叔叔的冤屈一天不解决，他的心就平静不下来，也无法接受任何人的感情，他心里明白，王佳佳、韩孟丹、慕容霜、许安然都对他有好感，但他却无法真正面对她们的感情，更无法做出选择。

"那个……你姐怎么样了？"刘天昊急忙岔开话题。

慕容霜的神情一下黯淡下来，说道："还是没起色，可能这就是我姐的命吧！"

"你帮我查个人。"话音未落，刘天昊突然警觉起来，下意识地戴起假发，转身向小树林深处钻去，很快消失在夜幕中。

"哎……"慕容霜冲着刘天昊伸着手，悬在半空的手久久没有放下来，眼神中透露出一丝不舍之意。

她的手垂了下来，正要转身回医院，就见四五个人呈半包围状围了过来，他们手上拿着枪呈射击姿势前行着。

她一眼就看出其中之一是虞乘风，还有一人眼神中带着凌厉之色，整个人看起来像是一头正在伏击狩猎的豹子，随时会扑上来给予致命一击，想必应该是专门负责刘天昊一案的队长齐维。

齐维冲着另外几人挥了挥手，收起手枪，向慕容霜出示警官证："我是……"

"你是齐维，我认识，你想要找刘天昊，但我没见过，我晚上出来是跑步锻炼，这是我每天的习惯，医院所有的医生都可以给我证明。"慕容霜说话像连珠炮似的，根本不容得齐维说话，一开口就把齐维所有的话都堵死！

齐维笑了笑："慕容小姐果然是女中豪杰，不如加个微信，交流交流？"随后他拿出手机，歪着头看着慕容霜。

"警察也这么轻浮吗？"慕容霜哼了一声。

虞乘风、阿哲和两名民警从四周迅速回到齐维身边，纷纷摇了摇头。齐维收回手机，笑了笑："慕容小姐，特种兵出身也别大意，这里人迹罕至，还是回医院照顾你姐吧。"

说完，齐维和另外四人转身离开。

慕容霜呼出一口气，朝着刘天昊消失的方向看了看，心里嘀咕着：自己和刘天昊只有几面之缘，刘天昊的行为这么隐蔽，齐维却能紧随而来，难不成……

慕容霜越想越担心，眉头皱成了一个疙瘩。

第五章　小白脸

齐维一眼就看出慕容霜和刘天昊接触过，但对慕容霜并未深究，而是一触即退，这种事只要没当场抓到，慕容霜就可以百般抵赖，刘天昊也会放弃和慕容霜的联系，好不容易查出来的线索会再次断掉。

在这件事儿上，齐维的狡猾超出了所有人的意料，连虞乘风都不敢相信齐维就这样离开，而不对慕容霜加以任何盘问。

慕容霜回到医院后，看了看微信，刘天昊发给她的是朱占林的照片和基本资料。

"这不是刘天昊案中的那名死者嘛！"慕容霜有些纳闷，准备发微信向刘天昊询问，想了想，还是忍住了，齐维的反应有些反常，说不定此刻正通过各种渠道监视着她。

"裂变"一案后，她和韩孟丹成了朋友，虽然平时联系比较少，但二人还算投机。为了保密起见，她打电话约韩孟丹第二天早上在医院附近的麦当劳见面。

放下电话后，她轻舒一口气，撇过头看了看躺在床上的姐姐慕容雪，借着月光，她突然发现慕容雪的睫毛动了一下，眼珠也随着动了一下！

慕容雪失魂状态已经好长时间，别说是睡觉，就连清醒时，眼睛几乎也是一动不动。慕容霜有时候会坐在病床前和姐姐说说心里话，比如她喜欢刘天昊之类的私密，但慕容雪从来没有任何回应。

她打开台灯，向慕容雪看了过去。慕容雪又恢复到沉寂状态，再无任何反应，慕容霜有些不太相信，凑近姐姐用手试探了几下，如果慕容雪是假装睡着，一定会对她的试探有反应，但令她失望的是，慕容雪一点反应都没有。

"也许是我看错了吧！"慕容霜有些失望，关上灯，和衣躺在床上闭上眼睛思索着。

……

刘天昊查案时可以几天不眠不休，齐维却做不到，或者说他不会这样做，他认为只有休息好了精力才会充沛，大脑运转会更快，思路更加敏捷，破案的效率自然会很高。

上午九点多，齐维才晃晃悠悠地来到五中队的办公室，打了个哈欠，说道："乘风，死者的社会关系查得怎么样了？"

虞乘风立刻把一沓资料拿给齐维："死者的社会关系比较复杂，我昨晚连夜进行筛选，发现有两人和他的关系比较特殊。"

齐维接过资料看着，皱着眉头读到："查（chá）三妹、查（chá）四妹，人长得不错，模特身材，就是名字比较怪，三妹，四妹！"

一旁工作着的几名刑警捂着嘴笑着，虞乘风急忙给几人使了眼色，又清了清嗓子，向齐维小声地说道："齐队，这个字在姓里念 zhā。"

齐维长长地吟了一声，嘿嘿一笑："这两人和死者有什么关系？"

虞乘风说道："死者是这对姐妹花养的小白脸，他们同居三年多了，姐妹花在 NY 市一家会所工作，是礼仪小姐。"

齐维又问道："朱占林的尸检报告出来了吗？"

虞乘风嗯了很长一声，但并未具体答复。

"走，咱们去法医鉴定中心。"齐维说完便向法医鉴定中心走去。

……

对于刘天昊杀人并潜逃这件事，韩孟丹一直觉得蹊跷，但她坚信刘天昊是无辜的，逃跑一定是另有原因。在刘天昊逃走后，她通过各种方式联系，却始终无法取得联系到，只好定了定心神，静下来做好自己的本职工作。

法医老李已经退休了，调来一名刚刚大学毕业的小姑娘顶替了老李的工作，小姑娘的工作经验不足，大部分的工作由韩孟丹一个人承担起来，工作量非常大。

齐维比较打怵和韩孟丹这样的冷美人打交道，进了解剖室后，看到韩孟丹正在解剖台前认真地工作着，于是他清了清嗓子。

"解剖结果已经出来了，在我的办公桌上。"韩孟丹头也不回地说道，好像后脑勺长了眼睛一般。

齐维应了一声，和虞乘风走到韩孟丹的身边，拿起两张资料看着。

第一张单子是死者朱占林的基本情况，身体其他部位无外伤，血液化验没有中毒迹象，死因是心脏被子弹击中，胸前的子弹孔几乎是垂直于皮肤。第二张单子是检测报告，数据显示，朱占林染有恶性传染病毒，患病已有三年之久。

"死者的尸体呢？"齐维向韩孟丹问道。

韩孟丹停下手上的工作，用下颌示意了一下眼前的尸体："这个就是。"

齐维放下资料走到尸体前，戴上橡胶手套扒开已经锯开的胸口，看了看后又从一旁的托盘上拿起死者的心脏仔细地看了看上面的弹孔："韩法医，你对死者胸口这一枪有什么看法？"

"有什么看法我都写在验尸报告里面了。"韩孟丹不冷不热地说道。

"我只是觉得很奇怪。"齐维并未在意韩孟丹的态度。

"有什么好奇怪的，一个弹孔而已，子弹从胸前打入，打穿心脏，最后弹头卡在后背的两根肋骨之间，按照刘天昊使用的警枪威力，这是很正常的现象。"韩孟丹丝毫没有为刘天昊辩护的意思，和以往的态度截然不同。

齐维摇摇头："奇怪，还是奇怪！"

韩孟丹摘下口罩，露出了异常平静的脸，轻轻哼了一声："你不是一直坚信刘天昊就是凶手吗？现在证据已经证明他是凶手了，你还有什么好奇怪的，现在 NY 市第一神探的名头是你的了，没人再和你争了。"

齐维苦笑一声："孟丹，我觉得你对我有些误解。"

韩孟丹眼睛冷冷地盯着齐维："请你叫我韩法医，我们之间还没到你可以叫我孟丹的地步吧。"

虞乘风见气氛有些尴尬，急忙上前打圆场："孟丹，齐队不是那个意思，他也不希望昊子是凶手，所以才很积极地查着这件案子的真相。"

韩孟丹却没有缓和的打算，继续抨击道："既然是积极地查着案子，那为什么到了九点多才上班？你考虑过刘天昊这几天是怎么过的吗？"

齐维吸了一口气，本想和韩孟丹辩解一番，但发现韩孟丹所说的几乎无懈可击，无论他怎么解释都无法自圆其说，便幽幽地叹了一口气："韩法医，我错了，以后我不会再迟到……不……是我会非常积极地查这件案子，尽早弄清真相。"

齐维比虞乘风还年长一些，相对而言心智更加成熟，不像刘天昊那么倔强，该认错时就认错，拿出该有的态度来。

齐维的服软让韩孟丹失去了攻击的目标，反而觉得自己有些过分，微微点了点头，指着尸体说道："你说得很对，死者胸前的伤口和弹孔的确有些古怪。"

虞乘风戴上手套摸了摸弹孔，微微摇摇头："这就是子弹的弹孔，有什么好奇怪的？"

"有！"韩孟丹和齐维几乎异口同声地说道。

……

高利贷行业虽经过多年的打压，已经势头渐微，却没有彻底消失。从业人员由原本的膀大腰圆、大光头、大纹身、粗金链子变成了西装革履和公文包，高利贷大哥摇身一变，成了金融咨询公司的总经理，队伍也由团伙叫成了团队。

王嘉利和几名兄弟正坐在巨大的茶台前喝茶，一名不速之客闯了进来，他正要起身相迎，但看到来人后，却脸色一变。

就算来借高利贷，也得是个差不多的人吧，可他看到的却是一名流浪汉，年纪甚至比他的父亲还大。

"我找王嘉利！"年老的流浪汉说道。

王嘉利重新坐下，慢悠悠地斟了一杯茶，另外几名兄弟站起身，把拳头捏得咯咯直响，成包围状态走向流浪汉。

这种事他们见多了，肯定又是哪个竞争对手派过来捣乱的，对于这种人只有一种方法……

打手们冷笑着扑向流浪汉。

第六章　姐妹花

资本的积累建立在血泪基础上，这是亘古不变的道理。高利贷的成长更是野蛮的，是建立在暴力基础上的行业。

一听王嘉利的名字，就知道他做的是什么买卖，做这行免不了要养几个催债的打手，打手们除了膀大腰圆外还要心狠手辣，他就从进过监狱的人中挑选打手，只要一亮相，没开打先赢三分。

现代的社会环境和治安都很好，收高利贷的手段也很多，打手们很少有出手的机会，没法显示自己在王嘉利团伙的作用，好容易得着一个机会送上门，他们怎么可能放过。

闯进来的流浪汉看起来不但年纪大，还有些病态，走起路来左摇右摆，一副随时会倒下的样子。

一名打手一把抓住他的脖领子，准备拎着他扔出门外，想不到的是，流浪汉看起来摇摇晃晃，脚下却像生了根一般，打手拎了一下居然没拎动。

"我找他问点事儿！"流浪汉突然出手抓住打手的手腕，用力一扭，打手猝不及防之下，手腕被反制，疼得嗷嗷叫着。

流浪汉的突然变化让几人有些措手不及，反应过来之后才纷纷上前，有的还从口袋里掏出匕首。

"撒开，撒开！"另外三人见状立刻上前指着流浪汉吼着，手臂上的肌肉块在纹身的映衬下显得棱角分明。

"老大，老大！"被制住的打手几乎跪在地上，脸上满是痛苦。

王嘉利不愧是老江湖，把茶碗轻轻地放下，慢慢站起身，打量了流浪汉一阵，抬起手指着门说道："把手放下，我让你站着出这个门。"

流浪汉笑了，在王嘉利还未反应过来时突然出手，一拉一扭，打手的手腕瞬间脱臼，又飞起一脚踢在打手脸上。打手连哼都没哼就倒在地上晕了过去。

在众人愣神之际，流浪汉再次出手，踢飞一名打手拿着的匕首，连出两拳一脚，把三名打手击倒在地，匕首也钉在棚顶的石膏板上。

流浪汉学着王嘉利的语气说道："把手放下，我可以让你坐着说话。"

王嘉利被流浪汉这一手镇住了，暗自咽了一口唾沫，故作镇静地笑了笑："好，坐，坐。"说完他艰难地转过身，再次坐在沙发上，极力控制着发抖的手倒了一杯茶。

他看出了流浪汉的不凡，对方知道他的底，他却对流浪汉一无所知，又被人一出手打倒了四名打手，气势彻底被压制住，不管流浪汉是谁的人，都不是他能抗衡的。

一名打手醒了过来，刚想张口骂人，流浪汉飞起一脚踢在他的脸上，打手的牙连同鲜血飞溅出来，头一歪，再次晕了过去。

流浪汉坐在王嘉利对面，从破裤子里掏出手机，打开后放在王嘉利面前，手机上显示的是朱占林的照片。

"我问你答，多说一句废话，我就废了你，OK？"流浪汉问道。

王嘉利顾不得大哥的身份，拼命地点点头，看向手机，当他看到朱占林的照片时，脸上露出惊讶之色，又看向流浪汉，问道："你是刘天昊？"

流浪汉眼睛里散发出骇人的光芒，捏着茶具的手一用力，茶具立刻碎裂。刘天昊拜托慕容霜查的人是朱占林的老板，让他把一名欠债人打成残疾人的高利贷大哥。

慕容霜把当侦察兵的本领活学活用，经过一番调查后，查出朱占林的背后大哥是嘉利资本的老总王嘉利，王嘉利的家庭住址、电话、公司地址、儿子所在的幼儿园、有几个情人以及几处藏匿地点、多少资产都给查了出来，要是再给她一些时间，估计能把王嘉利查个底朝天。

王嘉利立刻反应过来，连连摆手，眼神中带着恐惧："我不问，不问！"

刘天昊枪杀朱占林后逃跑的事儿已是人尽皆知，在众人眼里，他是个真正的狠角色，王嘉利这种外强中干的货色哪敢与他对抗。

刘天昊索性把假发摘下来，拿起沙发上的靠垫，用捏碎的茶具碎片割了一个口子，从怀里掏出手枪，把枪管伸进靠垫里，冲着王嘉利的大腿根附近比画了一下："你说一句谎话，我就会朝你身上开一枪，但你放心，在没问完话之前肯定不会让你死。"

"我绝不会说谎的。"王嘉利连连摆手，随后又说道："我这几个兄弟也都是摔跤摔的，什么都没看到，也不知道。"

在他眼里，刘天昊是亡命徒，手上已经有了一条人命，也不差再杀他们这几个人。

"是你指使朱占林找我的？"刘天昊开门见山地问道。

王嘉利几乎没有思索，立刻答道："绝对没有，我……"话说到一半，他立刻又闭上嘴，脸憋得通红，应该是想起刘天昊说的话。

刘天昊比画了一下，示意他继续说。

"我和他很久没有来往了，朱占林就是个小角色，靠着女人吃饭的小白脸，吃吃软饭还行，干这行心不狠不行啊。"王嘉利说道。

"继续说。"刘天昊预感王嘉利知道的情况很多，让他自己倒出来比问他问题还有效。

王嘉利的笑容有些僵硬，点点头后继续说道："最初他是自己做高利贷，但人不够狠，后来他靠着脸蛋儿跟过一个女老板，女老板嫌他素质太低，就把他甩了，再后来听说他和会所一对儿双胞胎姐妹好上了，姐妹花说是在一个会所上班，有的是钱，有一回他喝大了，挺得意，说自己有传染病还传给了姐妹花，再再后来听说姐妹花把他玩够了，甩了，他生活没有着落又啥都不会干，就来找我做马仔，毕竟他也干过这行，我就收了。不过他干了小半年也没啥业绩，我就把他给开了，离开我公司后，他又找过我两次，我也没嫌他，吃喝聊天一条龙，他还向我借钱，像这种人没依没靠的，大钱肯定不能借，小钱儿就……"

"姐妹花是哪个会所的？"刘天昊追问道。

"就那个大师刘什么华的会所，那老头儿就是一老色鬼，仗着有俩屁钱置办了一个超级后宫，里面的女人都是他的床上客。"王嘉利低下头，偷偷地瞄了瞄刘天昊，挠了挠脑袋。

"没事儿，你接着说，挑重点。"刘天昊说道。

王嘉利松了一口气，干笑了两声："有重点的，有！"他眼珠转了又转，寻思一阵后才接着说道："对了，他欠我的钱一直赖着不给，不过数量不多，我也没怎么催。直到前段时间，他突然找到我，不但还了钱，还请我吃了一顿大餐，真正的大餐，一顿花了一万多。吃饭时我问他有什么赚钱的道儿，他光笑不说话，我以为他又靠上了哪个女老板，我也可以借光赚点钱，所以我请他到夜总会喝了顿酒，他这人一旦沾了酒，嘴就没有把门的，该说的不该说的都说了，我听他说有个人相中了他的才华，给了他一笔钱让他做事！"

"谁给的钱？多少？"刘天昊问道。

"多少钱不知道，肯定不少，这孙子平时抠得很，想让他请顿饭比登天还难。具体是谁给的他没说，但他说是他原来那两个姐妹花介绍给他的，金主儿有的是钱，还是个女的，这孙子就是吃这碗饭的，变着法讨女人喜欢，花女人的钱，一肚子草包，时间一长就露馅儿！"王嘉利说道。

从王嘉利的表情和反应来看，他不太可能是朱占林的指使者，而且王嘉利和刘天昊之间并无瓜葛。

刘天昊站起身，看着一脸惊恐的王嘉利咧嘴一笑。

王嘉利身体不住地颤抖着："刘……那个……兄弟，我记性特差，明早一醒就什么都不记得了，真的，对天发誓，天打雷劈。"

王嘉利伸出三根手指，话音未落，外面响起了轰轰的雷声，他向窗外看了看，脸上露出尴尬的表情。

刘天昊嘿嘿地笑了笑："你是不是发誓发得太多了，老天爷不怎么相信你呀。"

王嘉利急忙辩解着："其实我……"

刘天昊突然出手抓住王嘉利的手指一掰，王嘉利疼得顺势向前，张开嘴准备号叫，声音还没出来，刘天昊的拳头击打在他的鼻子上，看到茶几上还有一些小点心，他抓起几块胡乱地塞进嘴里吞咽下去，又拿起茶壶对着壶嘴儿喝干了茶水，长出一口气，抓起假发向外走去。

他有了新的目标——那对儿姐妹花。

第七章　再发命案

在阿哲没来之前，齐维一直是"独行侠"，断案从来不要助手，需要法医就用法医鉴定中心，需要技术支持就找技术科，没有属于自己的团队，因为任何人在他眼里都是不完美的，相互之间更没有默契可言。

阿哲之所以能够和齐维融到一起，完全是因为他叔叔葛青袍的缘故，齐维欠了葛青袍一个大人情，加上阿哲为人诚恳低调，这才勉强过关。在众人眼里，齐维为人处世没得说，但在办案上与人是格格不入、极具个性的。

齐维性格的形成有历史原因，在此不多赘述。

韩孟丹没想到她和齐维之间还能有默契，至少在那一瞬间还是有的。

到目前为止，追捕刘天昊的行动并未停止，同时齐维也在思考一些问题，比如刘天昊枪杀朱占林的动机，朱占林和刘天昊之间的关系等。

刘天昊、韩孟丹、虞乘风三人小组无疑是非常成功的组合，哪怕是在刘天昊不在的情况下，他们依然能发挥团队的优势，甚至在某些程度上承担起刘天昊的推理分析作用。

韩孟丹瞥了一眼思索中的齐维后，缓缓说道："从尸检的角度看，第一个疑点是硝烟反应的问题。正常来说，子弹离开枪膛时会带着残留的火药残渣和金属粉末，会在枪手身上、手上留下痕迹。如果击中目标，在弹孔内缘和周围会有很明显的硝烟反应，但奇怪的是，我用试纸测试了死者的伤口，硝烟反应并不明显，更奇怪的是，弹孔上下内缘的硝烟反应测试不均匀，这是其一。"

齐维闭上眼睛摘下手套摸着死者胸前的弹孔。子弹出膛后，火药残留和金属粉末会附着在子弹上，子弹高速旋转打入人体后，火药残留和金属粉末会均匀地分布在弹孔内缘每个部分，硝烟反应测试不均匀是不太可能发生的。

"哎，你干吗，快把手拿开！"新毕业的法医小姑娘不知道齐维的身份，但知道这样做很容易破坏尸体，而且死者还患有恶性传染病，万一感染就得不偿失了。

"不碍事，我齐维百无禁忌。"齐维冲着小姑娘眨了眨眼睛。

虞乘风冲着小姑娘微微摆了摆手，小姑娘这才气鼓鼓地白了齐维一眼，又继续做着手头的工作。

韩孟丹知道齐维的办案风格比较怪异，见怪不怪，继续说道："其二，子弹出膛后会保持高速旋转，击中目标后会对皮肤和内脏造成很大的破坏，可是死者的胸前和心脏只有一个弹孔，并无其他破坏的痕迹。"

子弹高速转动会对人体组织造成巨大的破坏，这也是那么小一颗子弹能终结人生命的原因，更甚者类似于达姆弹之类对人体组织的破坏更大，前面一个小弹孔，进入人体后会形成一个巨大的空腔，后面的伤口就会变成一个巨大的窟窿！

但从死者伤口的情况看来，子弹击穿胸口和心脏，并未造成更大的破坏，但无论如何，朱占林都是死于这颗子弹，子弹经过弹道测试，证实是从刘天昊的警枪里发射出来的，现场发现的子弹壳和子弹也完全匹配，这是不争的事实。

"乘风，你申请下手枪测试，再买一头猪回来，用活猪进行测试。"齐维说道。

虞乘风应了一声，说道："申请手枪测试这个没问题，但活猪怕是队里不能批吧，现在猪肉可贵着呢，而且这笔经费不太好入账。"

齐维笑了笑，从口袋里掏出一张卡，轻轻地放在桌上，说道："买头和刘天昊差不多重量的猪，测试完成后直接卖给刑警大队食堂，还能小赚一笔，如果管食堂的老李不同意，就让孟丹出马找她哥。"

买头和刘天昊差不多重量的猪！

这话要是让刘天昊听到，估计一口老血能喷出 20 米远。

韩孟丹从鼻子里哼了一声，白了齐维一眼，心中暗道：都说齐维办案不拘一格，今天算是见识到了。

虞乘风也实在，拿着齐维的银行卡向外走去。

"还有，顺便把那对儿姓查（zhā）的姐妹花拘传到队里。"齐维故意把"查"字读得很重。

虞乘风停住脚步愣了一下，拘传一名合法公民并不是件容易的事儿，需要有当事人违法的证据。

"齐队，这怕是……"

"拘传两个人应该难不倒虞大警官吧？"齐维打断了虞乘风的话，随后两手抱拳拱手，学着古人的样子冲着他拜了拜。

虞乘风做事一向一板一眼，不符合法律程序的事儿绝不肯越雷池半步，他冲着齐维摇了摇头。

齐维无奈地摊了摊手，说道："好吧，拘传姐妹花的事儿我和阿哲去，也许还有其他的收获。"

直到后来，虞乘风和韩孟丹才知道齐维这样做的深意，但二人现在却理解不了。韩孟丹又讲述了死者的死亡时间等基本要素，齐维听得直打哈欠，一副完全不感兴趣的样子，正当她要发作时，齐维的手机响了起来。

齐维看了一眼手机，脸上的懈怠之意去了七七八八，接了电话听了一阵后眼睛逐渐发亮："怎么样阿哲？抓到没有？"

韩孟丹立刻看向齐维，虽说没听到电话里的内容，但直觉告诉她一定和刘天昊有关，见他眼神逐渐黯淡了下来，暗地松了一口气。

"好，现场什么都别动，我马上就到。"他挂断电话后向韩孟丹一笑："孟丹，你先忙着。"

韩孟丹哪肯放过机会，急忙摘了橡胶手套，脱了白大褂跟着他向外走去："我也去。"

齐维顿了一下，看了看一脸坚持的韩孟丹，说道："也好，我正愁着怎么去呢，正好你开车，而且……早晚也得叫你去。"

"你这人！"韩孟丹嘀咕了一声，心里有了些不好的预感。

……

王嘉利从来没想过他的公司一天之内能来这么多警察，还都是刑警，但这时候他知道不知道也无所谓了，因为他变成了一具尸体，坐在他最喜欢的意大利真皮老板椅上，眼睛睁着，盯着大门口上的一块金色的牌匾——"诚信赢天下"，鼻子歪在一边，从鼻孔中流出的血液已经干枯，把整个鼻孔堵得严严实实，颧骨、左眼肿胀淤青，眼眉上一道清晰可见的裂痕，嘴唇被打得裂开一个大口子。

他的两只手和脚被牢牢地绑在老板椅的扶手和下端的液压轴上，绑扎的工具是塑料绑扎绳，每个肢体各两根，以防止死者逃脱，被绑的部位有些肿胀和擦伤，应该是死者在挣扎时造成的。

杀死他的是一支价值不菲的派克金笔，笔直地插在他的喉咙上，鲜血混合着少量黑色的墨水从伤口流出来，把胸前衣服染红了一大片。

另外四名打手倒在地上，有的趴着，有的仰面躺着，头部附近流淌着一大摊鲜血，脸肿得像猪头一般。

"我来时就这样，老板王嘉利已经死透了，这四个人头部受到重击，但还活着。"阿哲介绍道。

"活的？"齐维急忙蹲下身体摸着其中一名打手的颈动脉，果然发现还微弱地跳动着，他看了看守在门外的几名医护人员焦急的神情，又向阿哲说道："医生都来了，怎么不送去医院抢救？"

"你不是不让动现场嘛，我就没动，他们四个已经让医生检查过了，只是头部受到重击晕了过去，应该没什么大问题。"阿哲说道。

"行，先把他们送到医院吧，派人盯着，只要醒过来，立刻通知我。"齐维说道。

在齐维的理念中，办案必须灵活，不能循规蹈矩。阿哲从小就受到葛青袍的影响，做事中规中矩，加上警校和刑警大队又是一个讲纪律的地方，培养出来的大部分人才都会循规蹈矩，像他这样的另类几乎很少见，个别一个半个也会很快被淘汰，要不是碰到钱局和韩队这样的领导，估计齐维早就被开除出警察队伍了。

医生以救人为天职，得到齐维的同意后，立刻冲了进来，很专业地把四人抬上担架，一切忙而不乱地进行着。

尸体检验自然是韩孟丹的事儿，她用各种仪器察看了一阵，脸上的神色越来越凝重。

从失血量来看，并不足以致命。死者嘴唇和指甲周边有发绀现象，但口中并无异样气味，可以排除中毒死亡的可能。

钢笔上没有任何指纹，说明凶手事后进行过清理，从钢笔插入的位置可以初步判定死者死于异物堵塞气管，属于机械性窒息死亡，显然凶手对人体结构非常了解，钢笔插入的深度适当，既堵住了气管，又没损伤周围的血管，还要保证死者挣扎的时候钢笔不会掉下来。

俗话说得好，双拳难敌四手。能打倒四名身强力壮的打手，又能精确地杀死王嘉利，这并不是一件容易的事儿，刘天昊却具备这个条件，这就是韩孟丹眉头越来越紧的原因。

而阿哲的一句话彻底把刘天昊钉上了凶手的标签："齐队，公司大厅有监控，查看后发现了刘队来过，在这里待了大约20分钟，离开的时间就是我赶到这里之前的十分钟。"

"除了他之外，还有人来过吗？"韩孟丹急忙问道。

"没有其他人来过，刘队走的时候把录像头破坏了。"阿哲说道。

"你怎么肯定是他？"韩孟丹反驳道。

阿哲挠了挠脑袋，摄像并不清晰，而且来人的穿着打扮是一名流浪汉，只是大约看着像，却无法肯定。

"孟丹，这里有一个脚印，你来看看。"齐维蹲在打手躺过的地方说着。

血迹中的确有一个脚印，是一只鞋的前脚尖部分，韩孟丹只看了一眼便确定了鞋印属于刘天昊，因为这双鞋是韩孟丹给他买的！

第八章　第二个帮手

王嘉利被刘天昊杀死的消息很快传遍了 NY 的大街小巷，朱占林是吃软饭的小白脸，王嘉利是混高利贷圈的，都是混子、人渣，人们纷纷传说刘天昊是杀神降世，专杀人渣，但无论如何，他都触犯了人间的法律，要受到惩戒。

王佳佳是媒体人，知道这个时候的社会舆论是无法抗衡的，在风口浪尖上，越解释就越乱，索性保持沉默。

她不相信刘天昊会杀人，但王嘉利的事情发生后，她也开始怀疑自己的判断，当务之急是先找到刘天昊问个清楚。

新闻媒体人平时做得最多的就是跟踪受访人，跟踪蹲点绝不比警察少，算是此道的高手。她发现最近这几天身边总会出现一些莫名其妙的人，这些人各种各样不一而同，但相同的一点是他们身上都有一股警察的味道。

手机接打电话时总感觉有一些杂音，开始还以为是通信公司的信号问题，后来才意识到可能手机被人监听。

另外，只要离开家或者工作室，感觉总有一双眼睛在她背后盯着，结合刘天昊潜逃的事儿，她明白自己被警方盯上了，一旦刘天昊和她联系，就会被抓到。

她的心情是矛盾的，既想见到刘天昊问个清楚，又不希望刘天昊出现被人抓住。同样心情烦乱的还有坐在她对面的许安然，虽说和刘天昊认识时间不长，但他的一身正气却令她动容，要说刘天昊成了杀人犯，她无论如何都不会相信。

"安然，我感觉我被人盯上了，你看下在咱们三点钟方向的那个人，靠近吧台的那个……别扭头看，假装不经意地看看就好。"王佳佳微笑着小声地说着，说话时就像是两个极为要好的闺蜜在说悄悄话一般。

许安然假装地点点头，按了服务铃，随后扭头冲着吧台的方向做了个手势，吧台的侍应生也回应了一下手势，随后走出吧台向她们走来。

许安然借着要一份小糕点的机会观察了那名神秘人，等侍应生走了之后，她扑哧笑了一声，又和王佳佳说起了悄悄话："还真挺可疑的。"

等侍应生把点心送过来时，她假装搭讪了几句，等侍应生走的时候向吧台的方向看了看，算是看清了那人的具体情况。

"你看那人的右手食指，有一层老茧，其他手指却正常，这应该是拿枪拿多了造成的，他的眼睛已经尽量保持平和，却透露出一股肃杀之气，肯定是平时审讯人多了，自带的一股气势。"许安然学着刘天昊的口吻分析着。

王佳佳假装不经意地扭头看了一下吧台，也观察了一下那人，却看不太清："喂，你这眼睛快赶上望远镜了，光线这么暗、这么远你都能看清楚。"

虽说是大白天，但咖啡厅里始终保持着比较柔和的光线，目的就是为了营造私密的氛围，距离稍远一些就不太容易看清人的细节。

"我外号鹰眼。"许安然自嘲着。

"他时不时地按一下左耳，应该是戴了一个隐形耳机，是警察之间相互通信用的。"王佳佳说道。

"好刺激呀，有点谍中谍的味道了。"许安然言语间充满了兴奋。

王佳佳白了她一眼："被人监视的滋味并不好受，你感觉不出来还好些，不过我也有办法对付他们。"说完，她从包里掏出一个小型的仪器，看起来非常有质感，上端有一个黑白色的屏幕，下面密密麻麻地堆砌着一些硅胶的按键。

"这是什么？"许安然一眼就看出这货绝不平凡。

"是老蛤蟆特意造出来的反侦查仪器，他监听我，我也可以监听他。"王佳佳说道。

许安然露出羡慕的目光，对于老蛤蟆的能力她早有耳闻，今天算是见识到了。

"你约我来就是为了这个？"许安然问道。

"当然不是，昊子现在是最难的时候，我想帮他，你应该也是这样想的，但他们盯我盯得很紧，我需要你帮我摆脱他们。"王佳佳说道，说话时脸上露出古灵精怪的笑容。

"行，只要能帮上忙，咋做你说话。"许安然爽快地说道。

"就知道你胆大，老蛤蟆帮我做了这个仪器，却死活不肯帮我摆脱这帮警察，胆子太小了。"王佳佳详细地讲述了她的计划，听得许安然一次次竖起大拇指。

老蛤蟆制造的仪器果然非同凡响，不但可以进行监听干扰，还可以进行反监听，神不知鬼不觉地切入警方监视人员的频道里，偷听他们的对话。

盯着王佳佳的人是两男一女，从 PD 市公安局临时调过来的，为的是防止 NY 警方和刘天昊瓜葛太深，出工不出力。

有了许安然的帮忙，王佳佳的行动顺利了很多。三名警察也不是吃干饭的，每次王佳佳离开视线后，他们都有办法重新定位，继续盯住她。

经过一番斗智斗勇后，许安然终于发来一条微信：他们在通信台里向齐维汇报跟丢了人，现在原地待命呢，哈哈。

王佳佳立刻回道："咱俩联手天下无敌。"

王佳佳心情大爽，拦了一辆出租车向郊区方向驶去。两人配合摆脱警方盯梢的过程虽不惊险，但写一部小说也足够用了，在此不再赘述。

兴奋过后，她幽幽地叹了一口气，现在最难的一个问题摆在她面前，摆脱了警方却无法联系上刘天昊。

刘天昊的手机、微信都没回应，短信、彩信、QQ等也没有任何回应，他常去的几个地方她都去过了，并未发现他的踪迹。仔细想想这也正常，王佳佳能想到的齐维也能想到，那么轻易就被找到，刘天昊早被齐维抓住了。

王佳佳突然想起一部电视剧《半妖倾城》里面的情节设计，女主站在窗前用特有的哨子召唤幽瞳：幽瞳，拜托你快出现吧。

男人果然出现在女人面前，女人来了一句经典爆笑台词：你终于出现了，你快走，有人要抓你！

着急火燎地让男主出现就是为了告诉男主不要出现！

想到这里，王佳佳扑哧一声笑了出来，她历尽千辛万苦找刘天昊不也是担心刘天昊吗。

"姑娘，你到郊区哪里？"司机边开车边问道。

"先出城再说。"王佳佳拿出手机看了看，依然没有任何信息。

司机无奈地摇了摇头，沿着道路继续开着。

王佳佳正琢磨着事儿，突然发现出租车来到一处极为偏僻的地方，她下意识地看了看司机和驾驶台附近的计费表，发现计费表压根儿就没走字儿。

不好！

王佳佳心里冒出了"抢劫杀人"的字眼，她年轻美貌加上身上的穿戴价值不菲，弄不好被恶人盯上了。

她悄悄地用手机拨打许安然的电话，却发现无法接通，又拨打了110的紧急求助电话等，发现也无法接通，她把钥匙紧紧地攥在手上，要是发现司机有异动，她会立刻戳他的眼睛，然后逃出去！

车停在了一处岔路上，周边是一片树林，司机拉了手刹，并通过后视镜看着王佳佳。

从车程和方向来判断此处距离红旗镇小孤村非常近，小孤村的村民都是以采山货为生，现在刚过春天，山上还比较贫瘠，村民不可能到这边进山采山货。

"哎，去小孤村，前面左拐就到了。"王佳佳故意装作很熟的样子。

借着机会她观察了司机，他40来岁的年纪，胡子一大把，眼角向下耷拉着，眼珠发黄，脸色也是蜡黄色，头发乱蓬蓬的，一张嘴一口黄牙，还伴随着阵阵口臭，整个人骨架很大，身上看起来没啥肉。

原本想帮助刘天昊，却想不到自己的命可能搭在这儿了。

王佳佳有些后悔防狼喷雾没带出来，但无论如何气势不能输，否则更会给坏人可乘之机，于是她大声地吼着："开车，听到没有，我朋友在村口等着呢。"

司机哼了一声，说道："这儿离小孤村还远着呢，你故意说前面左拐就到小孤村是想告诉我你对这里很熟，是在告诫我别有任何歪主意，同时又说你朋友在村口等你，也是为了吓唬我，刚才我在你的眼神里发现了一丝惶恐，这就代表着你对我没有任何把握，说明你手上可能是钥匙等物，绝不是电击器、防狼喷雾等大杀器。"

王佳佳惊恐地看着司机，眼睛有意无意地瞄向后窗的落锁装置。

"你刚才假借摆弄手机的工夫拨打你朋友的电话和报警电话，但都打不出去，对吧？"司机又说道。

王佳佳下意识地看了看左手拿着的手机，依然没有信号。

按照手机的设定，就算没有信号，也可以拨打110、120等紧急救援电话，但可惜的是，现在连这些号码也打不出去！

"你……你……"王佳佳被司机的话吓住了，一名普通的出租车司机怎么可能有这么强的逻辑思维！

"你和许安然以为凭着那点小伎俩就摆脱了警察的监视？"司机摇了摇头。

王佳佳听后心里一惊，听司机的话，至少表明他不是恶人，至于身份……

"佳佳，我是刘天昊。"司机回过头冲着王佳佳笑了笑。

王佳佳瞪大眼睛盯着司机，却无论如何都看不出他是刘天昊。

"连你都骗不过，我怎么躲过警方的追捕，更何况齐维八面神通，到处都是他的眼线，这家伙狡猾得很，当你以为摆脱了他们时，其实他们正盯着你偷笑呢，不过，他们现在应该笑不出来了。"刘天昊说道。

王佳佳毫无意义地摊了摊手。

"我需要你的帮助！"刘天昊说道。

王佳佳缓过神来，冲着刘天昊肩膀打了一拳："你这家伙骗得我好苦！"

刘天昊却"嘶"了一声，脸上露出痛苦的表情，另一只手捂在王佳佳打他的肩膀上，眼见着鲜血从肩头上渗了出来！

第九章　引蛇出洞

看到刘天昊的伤口后，王佳佳心里一惊，伤口虽说不深，但很长，而且已经肿胀起来，伤口周边有些发烫，看来是感染了。

"得赶快去医院！"王佳佳说道。

刘天昊苦笑一声："要是能去医院我早去了，药房都有监控，连买药都没机会，你帮我开一些消炎药、医用酒精、纱布。"

刘天昊受伤后用的是普通的白酒消毒，酒精浓度比较低，消毒效果不好，加上平时的卫生条件差，这才感染发炎。

"你是怎么受的伤？"王佳佳关心地问道。

"还不是那孙子，高利贷的王嘉利，本来揍得他服服帖帖，我一愣神儿的工夫，他抽着空就给了我一刀，还好我躲得快，要不这一刀就抹脖子上了。"刘天昊说道。

他说话时语气轻松，但看他肩上的伤口，当时的情况一定非常危险。

王佳佳瞪大了眼睛："然后你就把他绑起来杀了？"

"啊？"刘天昊愣了一下，半天没反应过来。

"王嘉利死了，他手下的四名打手昏迷不醒，现在还躺在医院里，警方通报里提到你就是凶手。"王佳佳说道。

刘天昊没说话，只是皱着眉头思索着。

王嘉利是个非常令人讨厌的人，至少在刘天昊的眼里看来是，和他有了瓜葛也只是因为追查朱占林的案子。

……

有些人天生就是软骨头，不得不采用些武力对付。王嘉利就是如此，他膀大腰圆、大光头、满身的纹身，样子看起来很唬人，但实际上胆子小得很，这人生性狡猾，所以才会尽力地包装自己，让他看起来就不好惹。

刘天昊知道姐妹花和朱占林的关系后，本已走到门口，他转念一想，王嘉利这种人他见得多了，没有一个肯一次性就说实话的，于是又转身回到王嘉利身边，拿起一杯滚烫的茶水泼在他脸上。王嘉利只是被刘天昊一拳打晕，经过开水这一刺激，"嗷"的一声惨叫醒了过来。

"我又回来了。"刘天昊眼睛像恶狼一般盯着王嘉利。

时间对于昏迷中的人来说根本不起作用，无论过了多久，对于他来说都是瞬间，王嘉利醒后眼神有些发蒙，反应过来后用手胡乱地摸索着脸。

"疼死老子了。"王嘉利嘴里骂着，却不敢看刘天昊。

刘天昊拿起刚刚烧好的电水壶，打开盖子，水壶冒着热气："你刚才没说实话，我不太高兴，反正我手上已经有了一条人命，也不在乎多你一条。"

刘天昊的威胁似乎起了作用，王嘉利眼神变得有些惊恐和慌乱，顾不得脸上的疼痛："别杀我，你想知道什么我全说。"

"朱占林的幕后指使者是谁？"刘天昊不急不慌地问道。

王嘉利看着刘天昊手里的电水壶咽了一口唾沫，一脸苦相地说道："刘队，这个我真不知道，打死我我也不知道。"

"我可以一枪崩了你，但我不喜欢这种方式，如果可以的话，我会把你慢慢烫熟！"刘天昊说道。

"别别别……"王嘉利尽量地向后躲着，双手连摆地摇着头，他的动作突然一顿，说道："我知道最近他和谁联系过。"

"别废话，知道啥快说，否则别怪我不客气。"刘天昊用手指弹了弹电水壶的外壳。

"那次我请他喝酒，他无意中说给他钱的那人叫什么琴，很有钱。"王嘉利话语连珠地说道。

"蒋小琴？"刘天昊下意识地想起了她。一提起蒋小琴，他脑袋里嗡地一下，这女人本身就是个难缠的主儿，有钱有势力还蛮不讲理，"画魔"一案中，她失去了丈夫刘大龙，又在"裂变"一案中儿子也没了，两件案子都是刘天昊侦破的，其间和蒋小琴的接触过程并不愉快，如果真是蒋小琴挟私报复也能说得过去。

自打蒋小琴儿子蒋天一死后，她很少公开露面，过着深居简出的生活，原本作风泼辣又八卦的她已经消失在众媒体的眼界中。

"想不起来了，反正就是很有钱，买一块手表和包都是几百万的那种。"王嘉利盯着刘天昊手里的电水壶说道。

王嘉利和蒋小琴本就是两个层次的人，不认识也属正常。

"他说过为什么给他钱吗？"刘天昊问道。

"我听他说了那么一句，好像是有什么事要他来做，但具体的事儿他死活不肯说。"王嘉利说道。

"给了多少钱？"

"多少钱不知道，但肯定少不了，当晚朱占林请客吃饭喝酒、唱歌、洗浴、那个……就是那个……嘿嘿……一条龙，一共花了两万多。那小子抠得很，要不是手上有了大钱儿，他是绝不肯花这么多钱的。"王嘉利脸上露出不屑，虽说朱占林花了那么多钱，但依然没能让他高看一眼，在他眼里，朱占林永远都是靠女人吃饭的小角色，上不了台面的瘪三。

一个靠吃软饭的小白脸能办什么事儿，而且朱占林还染上了恶性传染病毒，蒋小琴虽然作风有些轻浮，却不可能一点防备没有就和他乱搞，除非……

刘天昊思索着，却疏忽了坐在老板椅上的王嘉利。

王嘉利示弱是因为他的确打不过刘天昊，而且刘天昊手上还有枪，但他并不甘心这样被刘天昊压制，只要有反扑的机会，他一定会毫不犹豫地把刘天昊踩在脚下。

刘天昊愣神的工夫就是他反扑的最好机会，他慢慢地摸向老板桌下面放键盘的横板，那儿藏着一把匕首，他拿起匕首，狠狠地朝着刘天昊的脖子划去。

王嘉利敢下狠手的原因很简单，刘天昊本身是通缉犯，再者，他又打上门对众人实施非法伤害，就算这一刀把他杀死，也算是正当防卫。

刘天昊的反应却出乎了他的意料，原本以为十拿十稳的一刀却落了空，只划伤了刘天昊的右肩膀。

一刀过后王嘉利站起身刺向刘天昊胸腹部，显然就是想要了他的命!

刘天昊心中怒火腾的一下烧了起来，在那一刻居然不知疼痛，一伸手把王嘉利的手腕抓住，一拳打在他的脸上，一拳又一拳，直到王嘉利的脸整个肿了起来丧失了意识，这才放开手。王嘉利手上的匕首当啷一声掉在地上，匕首很重，把地板磕出一个明显的痕迹。

王嘉利身体一软，靠在巨大的老板椅上昏了过去。

为了防止王嘉利醒过来，刘天昊从抽屉里翻出一些塑料绑扎绳，把他绑了起来，这才查看肩头的伤口，肩头的伤口不深，但长度从右胸一直到肩头，皮肉都翻开了，鲜血染红了整件衣服。

刘天昊咒骂了一句，翻遍房间中所有的抽屉，但并未发现云南白药等止血药物，好在找到了两瓶高度白酒，倒在伤口上消了毒，随后点燃一些雪茄，把烟灰放在伤口上止血，又把王嘉利的一条领带当绑扎带简单地处理了伤口。

在翻止血药的过程中，他看到王嘉利的抽屉里有一摞照片，他拿起看了看，都是王嘉利和小弟们的合影，都是光着膀子浑身文青的摆拍，让人一眼就看出这帮人都不是好惹的主儿，其中有一张里还有朱占林，朱占林也光着膀子，但相对比较瘦弱。

他捡起匕首看了看，匕首非常锋利，中间部分还有一条血槽，无论是被割到脖子或是刺进胸腹，刘天昊就只有死路。他嘴里咒骂着万恶的王嘉利，随后从老板桌键盘板上找到了刀鞘把匕首插了进去，揣进衣兜里。

王嘉利公司一行还是有收获的，通过他知道这件案子可能和蒋小琴有关。至于王嘉利和四名打手挨了打，刘天昊完全没在意。这些人是吃人不吐骨头的吸血鬼，给他们一点教训也不是坏事。

处理完一切后，刘天昊就离开了王嘉利的公司，他的计划是先找到姐妹花，然后再通过慕容霜查蒋小琴，找姐妹花的任务并不容易，他需要一个帮手，最好的人选就是王佳佳。

但他没想到的是，王嘉利居然死在了那张老板椅上。

刘天昊压根没把王嘉利放在眼里，明知道事后他会报警，也并未清除现场的指纹和脚印，因为他觉得没必要，现在看来，还是大意了，所有的指纹和脚印都将成为证据，加上王嘉利公司门口的监控和街道上的监控，会牢牢地把他钉在凶手的坐席上！

……

王佳佳听了刘天昊的叙述后，端着下巴思索了好一阵，才说道："我相信你，孟丹和乘风都相信你，但齐维恐怕不会相信，他只相信证据。按你的说法，你看了王嘉利抽屉里的照片，留下了大量的指纹，这对你非常不利。"

王佳佳和刘天昊此时还不知道，齐维在勘查过程中发现了刘天昊进出王嘉利公司的监控录像，还发现了照片上的指纹，和属于刘天昊的三分之一血脚印。

"你有王嘉利死亡现场的照片吗？"刘天昊问道。

王佳佳摇了摇头，但随后一笑，说道："不过我可以弄到。"

"呃……但你不能……"

"放心，我不会找韩孟丹，也不会找虞乘风，谁都不找。"王佳佳歪着头一脸的顽皮相。

"那你怎么弄？"刘天昊有些不解。

在案发之初，案情是要保密的，不参与调查案件的警察都不太可能知道。但看王佳佳自信的模样，肯定有她独特的渠道。

"你就别猜了，这是行业秘密，我不会说的。我有件事很好奇，你是怎么弄到这辆车的？还有，你怎么知道我没摆脱齐维的监视？你又是如何做到帮我摆脱齐维的？"王佳佳一连问了三个问题。

刘天昊一笑，说道："这也是我的秘密，你也别问。不过，我现在需要你的帮助。"

王佳佳白了他一眼，没好气地说道："这还用说嘛，需要我做什么？"

"整件事肯定有一只幕后黑手在操纵，但到现在为止，我还弄不清幕后黑手的动机，但有一点可以肯定，他一直暗中在盯着我，这也是当初我逃跑的原因。"刘天昊说道。

"把自己变成活子儿，引蛇出洞？"

"差不多是这意思吧。"刘天昊说道。

第十章 阿哲的神技能

要说这个世界上还有一个人能理解刘天昊，那一定是非王佳佳莫属。

"具体需要我做什么？"王佳佳问道。

"帮我查两个人，查三妹和查四妹，那对儿姐妹花。"刘天昊说道。

他一边说着话一边发动引擎向前行驶着，车很快来到一处比较繁华的集市，在路边一家连锁药店门前停了下来。

王佳佳立刻下了车，一头钻进药店。其间有两人上刘天昊的车，说要打车去市内，刘天昊用一口地道的 NY 话拒绝了对方。

两人却并未下车，其中一人拿着手机拍了刘天昊和出租车上面的驾驶员信息，说道："是替班司机吧，信不信我投诉你拒载？"

刘天昊连忙赔笑着说道："乘客去药店买药了，马上就出来，人家可不拼车，提前讲好的。"

其中一人盯着刘天昊的肩膀看着，脸上露出疑惑的目光。刘天昊肩膀伤口流出来的血已经渗了出来，他呵呵一笑，说道："前几天出了车祸，忘了系安全带，车修好了，伤一直没好。"

"我看你有点眼熟啊。"年长的乘客说道。

刘天昊挥了挥手："我们出租车司机都是大众脸，而且天天和人接触，可能是你坐过我的车吧，不过今天真不行。"

两名乘客嘀咕着下了车，又向刘天昊看了几眼后才离开。

王佳佳在药店里买了一些药物，迅速地回到车上。刘天昊赶紧把车开到一处偏僻的街道，街边有一家门面很小的馄饨馆，街道上的人很稀少，偶尔有一个人也是匆匆经过。

"刚才可真险，那俩人盯着我看，不知道是不是怀疑我了。"刘天昊叹了一口气。

"放心吧，我和你那么熟都没认出来，他们更不可能，喏，这些都是外伤药，还有一些是消炎的，绷带、酒精、注射器都有，应该够用了。"王佳佳把塑料袋放进手套箱里。

刘天昊应了一声。

"你自己能行吗？"王佳佳问道。

"没问题，这点小伤算不了啥！不过，你离开齐维的视线太久了，也该回去了，吃点馄饨，算我请客。"刘天昊虽说在逃亡，却也不忘了幽默，抬起手指了指外面的馄饨馆。

"我查到姐妹花之后怎么联系你？"王佳佳问道。

"慕容雪的微信。"刘天昊说道。

王佳佳和慕容雪打过几次交道，两人互加了好友，偶尔会聊聊天。

"裂变"一案后，慕容雪失了魂，到现在还在医院里浑浑噩噩，不可能和刘天昊有关联，所以她立刻想到了慕容霜。

"还挺聪明！"王佳佳嘀咕了一句。

刘天昊嘿嘿一笑，把出租车的计时牌翻了下来，计费表开始打发票。

"哎，你干吗？不会真的收我钱吧？"王佳佳看着刘天昊熟练地摆弄着计时器，最后把小票撕下递过来，要不是提前知道了他的身份，还真以为他就是一名出租车司机。

"顾客，35 元，现金还是网络支付？"刘天昊看着车窗外经过的一名路人一脸正经地问道，随后又小声地说道："把你身上的现金都给我，我快没钱了。"

王佳佳白了一眼刘天昊，从包里掏出所有的现金扔在中控台上，接过小票下了车，连头也不回地向馄饨馆走去。

刘天昊叹了一口气，车辆缓缓地向前驶去，他边开车边仔细观察着周围，看是否有人跟踪。

街道很宽敞，要想神不知鬼不觉地跟踪几乎不可能，观察了一阵之后，他才开车迅速离去。

幕后黑手一直操控着整个局势，让刘天昊处于被动状态，现在他要做出反击，逼着幕后黑手动起来，才能抓住他的尾巴。

刘天昊的车刚刚驶出街道，就见主要道口有两辆警车停在路边，很多辆车在排队接受检查询问，一群警察警惕地查看每一辆车上的乘客。

"糟了！"

……

随着技术人员的到来，王嘉利公司的大厅再次热闹起来。齐维的要求很简单，却很难做到——不能漏掉任何一个细节，每一个物件都要进行检验。

齐维蹲在老板椅的旁边，看着地板上的几处凹痕："孟丹，我需要一些棉签。"

他向韩孟丹的方向伸出了手，想不到的是，得到的只是韩孟丹冷冷的声音："车上有，自己去拿！"

齐维叹了口气，正要站起身，虞乘风从一旁走了过来，把试剂和棉签递给齐维，小声地说道："齐队，孟丹现在心情不好，您别在意。"

齐维从虞乘风手上接过棉签，沾了一些试剂在地板上擦了擦，棉签上出现了深红色。

"是血迹，应该是死者的吧。"虞乘风说道。

"有可能，死者的血迹是沿着身体流下来的，从老板椅的四周流到地面上，呈滴溅状，而这处血迹却印在地板的凹痕里，应该是某种物体坠落砸伤了地板，血就是那个物体上带的。"他站起身，看了看老板桌，拉开几个抽屉，最后把目光定在键盘板上。

王嘉利的键盘并没放在键盘板上，而是放在了桌面上，键盘板上有一些钢镚儿和几张便笺，上面积了一些尘土，在靠右侧的位置有一个比较模糊的痕迹，看痕迹的形状像一把匕首。

匕首痕迹的一旁还有一些手指掠过的痕迹，齐维用手比画了一下，皱着眉头想了一阵，说道："这几滴血有可能是刘天昊的，如果我所料不错，他应该受了伤，乘风，你立刻通知所有的医院和诊所、药房等进行协查，只看身材特征，不要看相貌。"

"好的。"虞乘风应了一声，却没有离开。

齐维笑了笑，说道："我也只是推测，你看这里。"

地板上的凹痕附近还有一处像是利刃碰撞过的痕迹，痕迹里有明显的血迹。

"那也可能是死者王嘉利的血迹呀！"虞乘风疑问道。

"死者王嘉利除了喉咙一处的刺伤之外，脸部、胸腹部都是瘀伤，这是明显被拳头击打过的伤，四名打手身上也没有刀伤，那刀上的血应该属于谁呢？"齐维反问道。

"凶手！"虞乘风立刻答道。

"对，所有的线索都指向刘天昊。"齐维说道。

话音未落，技术科小王走了过来，向齐维说道："齐队，调看了附近所有的监控录像资料，确定只有刘队来过死者的公司。"

齐维向公司大厅北面的窗户看了看，问道："北面看过了吗？"

"那边是一片绿化地，没有监控，不过这里是 13 楼，没人能够从那边爬上爬下！"小王说道。

齐维摇摇头，向一旁正在勘查现场的阿哲喊着："阿哲，你听到王警官的话了吗？"

阿哲手上拿着一摞照片，抬起头笑着说道："听到了，我马上攻破你的谣言王警官。"说完，他拿着照片走到齐维身边，说道："齐队，这些照片上有一些指纹，而且在这三张照片的边缘发现了半滴血，还有半滴血在抽屉底部，相信应该是凶手留下的血迹。"

他把照片放进证物袋中，交给齐维，随后向大厅北面的窗户走去。

技术科小王咧嘴一笑，说道："齐队，我就那么一说，何必认真，这可是13楼，开不得玩笑。"

齐维并未在意，边看着照片边喊道："阿哲，记得带保护绳！"

阿哲头也没回地做了一个"OK"的手势，他走到窗户前打开后探着身子向外看了看，随后从腰间取出一段绳子和安全扣，套在窗户外面的下水管上，随后从窗户钻了出去。

"哎……"小王担心地向窗户方向伸了伸手，却被齐维一把拉住。

"记得盗神小钟吧？"齐维问道。

"那个开锁匠小钟？"虞乘风说道。

"对，就是他，阿哲这手爬楼的手艺就是和他学的，30层楼都爬过，这世界上能人多得很，想破案就得脑洞大开，不能太局限于自己的认知。"齐维自信满满地说道。

话音未落，一男一女两名警察从外面走了进来，走到齐维身边低声说道："齐队，按照您的计划，我们故意放水，让王佳佳和许安然以为我们跟丢了，许安然和王佳佳会面后回了医院，二组一直跟着，我们跟王佳佳，后来真的跟丢了。"

齐维看了一旁的虞乘风和韩孟丹一眼，清了清嗓子，一副满不在乎的样子："没事儿，一会儿王佳佳就能回来，你们再去跟她。"

跟踪、蹲点是刑警的基本功，跟踪就要跟住，蹲点要蹲稳，没人能想到齐维在跟踪上还能做文章，好在最后还是跟丢了，让虞乘风和韩孟丹松了口气。

两名警察刚要走，齐维叫住了他们，问道："你们怎么知道我在这儿？为啥不用通信方式和我联系？"

男警察说道："我们刚好在附近，从手机上看到了案发现场的一段视频，刚好看到您。"

随后男警察打开手机放了一段视频，视频是从对面楼拍摄的，虽然不是特别清楚，但还是可以看清案发现场的情况。

齐维看了看在门口外围观的人们，不禁叹了一口气。现在的网络太发达，人手一部手机，有屁大点的事儿都会被拍下来发到网上，在手机互联网时代，想要保密几乎无从谈起了。

两名警察能看到，相信刘天昊也看到了这段视频。

"把尸体抬回去，收队。"齐维看了看手表，已经指向下午两点，又说道："下午三点半之前，所有的结果都要摆在我的办公桌上。"

阿哲从门口风风火火地跑了进来，差点没撞上那两名警察。齐维看了看手表："阿哲，这段时间得加强锻炼了，慢了不少。"

阿哲抱歉地一笑。

技术科小王看到阿哲后几乎用仰慕的目光看着他，从 13 楼徒手爬下去，太不可思议了。

阿哲面不红气不喘，凑到齐维耳边问道："齐队，我刚才向楼下爬的时候有些发现。"

第十一章　脱皮的下水管

齐维看似吊儿郎当，做起事来却非常用心，他让阿哲攻破王警官的谣言是假，实际上是让阿哲去查看一下大楼外墙，看看有没有从窗户爬上来的可能性，说白了，他也不相信刘天昊会做出这么愚蠢的事儿，杀死一个放高利贷的混子，还在现场留下一大堆证据。

住宅楼的下水管一般都设在外面，往往还要和外墙的颜色保持一致，施工方会在乳白色的管子上涂上涂料，阿哲攀爬的雨水管就被刷上了黄色的涂料，但涂料的质量并不好，很多地方和雨水管材成了两层皮，在没有外力的情况下还好，一旦遭受外力就会脱落。

"怎么样，有收获吗？"齐维小声地问道，说话间一直盯着离开的韩孟丹和虞乘风。

阿哲和齐维搭档了好几年，自然知道他的风格，避着韩孟丹和虞乘风是怕破案过程受到两人干扰。

"雨水管上的涂料有脱落的痕迹，痕迹是新鲜的，但只是在 12 楼和 13 楼之间的雨水管被破坏，再往下或者向上都没有损伤，这就意味着有人从12楼的窗户爬到13楼，经过12楼时，我向里面看了一下，是空的，清水房。"阿哲说道。

"联系业主了吗？"齐维问道。

"物业说联系不上，出国了，我叫了小钟！"阿哲说道。

齐维盯着阿哲严肃地看着。

阿哲嘿嘿一笑，说道："您不是说过嘛，破案要灵活，切忌死板。"他看了一眼手机，边向外走边说道："小钟来了，这小子速度就是快。"

需要开锁的客户肯定比较急，所以开锁匠到位的快与慢就成了生意好与差的关键。

小钟的特点就是速度快，不但开锁的速度快，到位的速度也快，刘天昊破案需要破门时，一般都会让虞乘风联系小钟，每次他都能在最短时间内到达。小钟非常守规矩，打开门之后，绝不会进入房间。他对着齐维做了一个请的动作，随后站在门口研究着刚刚打开的那把锁。

小区的开发商比较有良心，原装防盗门的级别很高，锁芯是B级防盗锁芯，这种锁芯一般的开锁匠都要十分钟以上才能打开，小钟却只用了三分钟左右。

齐维和阿哲穿上鞋套进了房间，房间中是粗糙的水泥地面，窗户是开发商配的原装窗户，所有的窗户都是关着的，狭窄的窗台上有一处刚刚踩过的痕迹，质量不太好的水泥被踩下来一小块儿。

齐维捏着把手打开窗户，探出身体向外看了看，旁边正好是那根雨水管，从这个角度看到12楼到13楼的雨水管的确有破坏过的痕迹。

"没留下任何指纹和鞋印，是老手。"阿哲转了一圈又回到齐维身边说道。

齐维点了点头，走到门口的小钟身边，问道："有什么问题吗？"

小钟咧嘴一笑，说道："这把门锁在我之前应该被人打开过。"

齐维摊了摊手。

"一般来说，这种长期不在家的人都会把门锁两道或者三道，而我开这道门的时候只有一道锁。"小钟说道。

"也许是业主觉得房子是清水房，也没什么可偷的，所以就没锁上二道锁吧。"阿哲在一旁说道。

"我还有第二个证据，是感觉，这个门是 B 级锁芯，防盗级别比较高，我在开锁的时候感到锁芯……"说到这里他顿了一下，他所说的感觉是多年开锁得来的，能感觉得到，却无法用语言表述，只能他自己知道，说出来齐维也听不懂，于是又说道："反正就是那种感觉，有人动过锁芯。"

齐维知道小钟的能力，自然对他说的话深信不疑，于是点了点头，走到窗户跟前向外看了看，对面是另外一栋比较矮的洋房，虽说也有监控，却无法监控到 12 层和 13 层。

他拿起电话，按了号码拨打过去："高所，你帮我查个人，鞋码是 41 码，体重不超过 70 公斤，擅长攀爬，能在三分钟内开 B 级防盗锁芯的偷儿。"

高所是这个辖区派出所的所长，他立刻答道："小钟！"

齐维瞥了一眼门口的小钟："除了他！"

"那没有了，在我们这注册的锁匠里只有他能做到。"高所在电话里说道。

"扩大一下范围呗，高所！"齐维嘻哈着说道。

"你这家伙，准是又遇到案子了，行，你等我信儿。"高所说完挂了电话。

"先回刑警大队吧，看看虞乘风和韩孟丹有什么消息。"齐维走了出去，走到小钟身边时拍了拍他的肩膀："你小子最近没做啥坏事儿吧？"

小钟假装嗔怒："齐队你这话说的，我一直也没做过坏事儿啊，就开锁！"

齐维点点头："刚才我和高所说的那类人，你也帮我留意点儿。"

小钟做了一个"OK"的手势。

……

由于案子涉及刘天昊，所以众人的效率格外快，监控录像和指纹、脚印在技术科的努力下很快有了结果，监控录像上疑似刘天昊的人就是刘天昊，部分脚印、照片上的指纹属于刘天昊，在死者王嘉利附近地板的砸痕提取出来的血液属于刘天昊。

韩孟丹从死者脸部的伤口提取了一部分血液进行化验，发现也有一部分血液属于刘天昊，她拿着检测报告站在化验桌前有些犹豫，光是技术科提供的证据就已经把刘天昊再次锁定为凶手，再加上自己手上的这份……

她对刘天昊的信心有些动摇了，由最初的坚信刘天昊不是杀害朱占林的凶手，到现在她的坚信开始有些动摇，至少证据表明他杀了朱占林，又杀了朱占林的大哥王嘉利。

在枪杀朱占林之后，韩孟丹以为刘天昊会和自己联系，取得一些帮助，想不到的是，到现在为止，他连个信儿都没有。她、虞乘风已经和刘天昊共事好几年了，应该是刘天昊最值得信任的对象，可在出事之后，刘天昊却并未联系两人。

"唉！"韩孟丹叹了一口气，她平时很注意控制情绪，很少唉声叹气，但这次不知为何，不由自主地叹了出来，缓了缓神，刚回头准备把报告输入到电脑里，却看见齐维和阿哲不知道什么时候站在她的身后。

"哎，你们两个鬼鬼祟祟的干什么，吓死我了！"韩孟丹虽说胆子大，也被两人突然出现吓得够呛。

齐维抱歉地一笑，说道："我俩来了好半天了，一直看你在那儿拿着资料发愣，也没敢说话。"

韩孟丹白了他一眼，把资料递了过去。

"结果怎么样？"齐维问道。

"自己看。"韩孟丹心情有些烦乱，一句话都不想多说。

阿哲看完资料率先发表了意见："这些证据说明刘队去过王嘉利的死亡现场，从王嘉利的伤口上检测出刘队的血液和人体组织，说明两人曾进行过激烈的搏斗，刘队还受了伤，但现场并未发现凶器，应该是刘队带走了，但……"

齐维清了清嗓子阻止阿哲继续说下去："孟丹，死者的尸检情况你说说呗，尸检报告我看不懂。"

韩孟丹无奈地点点头，心情烦乱归烦乱，职责归职责："钢笔刺穿了死者王嘉利的喉部，并未伤及动脉血管，出血量不足以致命，但钢笔把气管完全堵住，加上流入肺里的血液，最终令死者死于机械性窒息。死者手脚遭到绑扎的部位有明显的擦伤痕和淤肿，说明死者生前挣扎过，头部受到重创，眉骨有骨折，颅内并未形成损伤，属于非致命伤，就这些！"

齐维和阿哲对视一眼，随后点点头："我知道你心情不好，刘天昊也是我的同事，我也不相信他会杀人，但目前掌握的证据对他很不利，无论如何，我都会把这件案子查到底。"

韩孟丹听了齐维的话，冰霜般的神色缓和了一些："谢谢。"

齐维笑了笑，和阿哲转身向外走去。

"死者的伤口有些怪异，我拿不准是怎么回事，你俩来看看。"韩孟丹说道。

齐维站定脚步，转身走到韩孟丹身边，看着王嘉利的尸体，伸手向死者喉咙的伤口摸去。

"戴手套，你这习惯得改改！"韩孟丹及时地递过来一双手套。

齐维无奈地接过来戴上："戴上这层橡胶就没了感觉，差不少啊！"

韩孟丹和阿哲没在意，但在一旁做记录的实习小姑娘却脸上一红，暗地里啐了一口。

死者的伤口有些肿胀，伤口原本的暗红色也变成了黑色，伤口边缘非常整齐。

"是有点奇怪，阿哲，弄头猪来。"齐维说道。

之前为了测试子弹射入朱占林身体的角度已经弄了一头猪，韩忠义把食堂负责人训斥了一顿，现在猪肉这么贵，刑警大队食堂的伙食费又少，吃一头猪太过奢侈。

而现在，齐维张口又要弄头猪做实验！

第十二章　花殇

刘天昊终于体会到逃犯见到警察后的反应，他下意识地想转身逃跑，三秒钟后，他反应过来，绝不能跑，否则必被抓。此时，出租车沿着道路来到了路口，后面几辆车见出租车行驶缓慢，不耐烦地猛按喇叭。

刘天昊观察着设卡的警察，发现一部分是交警，一部分是蓝鲨特警，并未发现齐维、阿哲等人的身影，他深吸一口气，又缓缓地吐了出来，一手把住方向盘，一手轻轻揉了揉脸，努力地舒缓着情绪。

他观察着前方受检车辆，发现警察检查车辆时并未使用酒精测试仪，只是查看证件和车上的人员，一名警察时而点亮手机看屏幕，屏幕上是刘天昊的证件照。

"是针对我来的。"刘天昊心里暗道。

刘天昊知道A级通缉令的分量，尤其是连续两宗命案和他有关，全市的警察肯定会倾巢出动。但通过这几天的观察，他发现齐维并未封锁飞机场和火车站，只留了少部分的警力在个别路口排查。外松内紧，这种套路刘天昊用过很多次，算不上稀罕，真等刘天昊坐火车或者飞机离开，警察就会立刻出现将其抓获。

刘天昊和齐维两人都是 NY 市著名的神探，因为是同行，又在不同的层次，所以从未有过交锋，这次刘天昊犯事儿，齐维也算是借机会和他进行一次针尖对麦芒的较量。齐维有明显的优势，有一张全市警察布下的天罗地网，还有 NY 黑市那帮消息灵通的道上人提供非渠道消息。

刘天昊只能见缝插针，能借用力量的人只有王佳佳和慕容霜，力量相对薄弱，而且绝对不能失误，一旦被抓就彻底结束了。

"窗户摇下来！"一名警察用指挥棒示意他摇下窗户。

刘天昊摇下窗户笑着对警察敬了一个不太标准的礼，嬉笑着说道："您这够早的啊，查酒驾？"

交警没理会刘天昊的茬儿："靠边停车，驾驶证、行驶证拿出来。"

刘天昊拉上手刹，随后在手套箱里翻着，翻出车辆的行驶证递给交警，又向裤子口袋掏去，鼓捣了一阵才掏出一本驾驶证，递给交警。

驾驶证是他找朋友弄的，这位朋友家庭非常困难，曾经在刘天昊所在的辖区以刻假公章、卖假发票、做假证为生，后来经过刘天昊的帮助，成立了一家印章制作公司，生活也逐渐走向正轨。

他所做的假证就算是专业人士也很难分辨，但假的毕竟是假的，刘天昊心理还是有点虚。

交警接过驾驶证看了看，皱着眉头疑惑地看着刘天昊和证件："哎，师傅，这证是你的吗？"

刘天昊把脑袋从窗户伸出来，尽量地凑向交警看向驾驶证，笑着说道："咋不是我，你仔细点看。"

刘天昊潜逃过程中没机会洗澡，他一伸出头来，一股刺鼻的头油味道迎面扑来，加上好几天没刷牙，嘴里散发着一股口臭味儿。

交警差点没被刘天昊身上的味儿熏吐，白了刘天昊一眼，下意识地向后退了一步，把证件还给刘天昊："行了行了，快走吧！"

看着缓缓离去的出租车，交警心里纳着闷，身上、嘴里的味道这么大，有哪个乘客愿意坐他的车。

在一旁执勤的特警警惕地看了一眼刘天昊，刘天昊又是一个不标准的敬礼，嬉笑着打了声招呼，开着车向市内方向驶去。

开了五分钟左右的路程，他通过后视镜看了看道路，没有警车追上来，这才松了一口气，这是他第一次过关卡，能过就代表他的乔装技术还是过硬的。

他的下一个目标是蒋小琴或姐妹花，王佳佳还没给他姐妹花的消息，所以他想先查蒋小琴。但以他现在这身行头，怕是还没接近蒋小琴，就被她公司或是别墅区的保安拦下来。

而在此之前，一定要确定蒋小琴和朱占林之间有无账目来往，不能没有证据就贸然找蒋小琴。

刘天昊把车停在一处没有监控摄像头的地方，给慕容霜发了一条微信：蒋小琴平时使用现金吗？看后删除信息。

慕容霜立刻回了一条：收到。蒋小琴有轻微的洁癖，认为现金比较脏，所以从不沾现金，家里的保险柜存放的都是存票、房产证、银行卡、黄金、钻石等，没有现金。和其他公司或者个人的账目往来都是电子转账，由专职会计完成。

刘天昊随即又给王佳佳发了一条微信：让老蛤蟆帮我查蒋小琴个人以及名下公司的账目往来，找到和朱占林相关的部分。看后删除信息。

王佳佳立刻回复了一句：收到。姐妹花的住址已找到，发给你定位，龙海大厦2301。

随后王佳佳发了一个定位，刘天昊打开后发现姐妹花的居住地，是一栋商住两用的大厦，曾是刘大龙的产业，刘大龙死后被蒋小琴收购，大厦的装修档次比较高，租金非常贵，在其中居住的都是附近上班的白领精英。

刘天昊看了看手表，已到了出租车交接班的时间："正好把车交了，再去换换形象。"

他闻了闻腋窝，不由得皱了一下眉头。

……

当刘天昊再次出现在大厦门口时，他变成了身穿西装、手提公文包的白领，宽黑边眼镜显得他非常斯文，头型变成了小分头，看起来精明干练，脸部经过精心化妆，几乎看不出刘天昊的模样。

人靠衣装马靠鞍，刘天昊元气满满地冲着大厦门口的保安微笑着点头示意，保安虽眼神中带着疑惑，但还是立正敬礼，微笑着目送他走到电梯口。

电梯迅速而安静，电梯中几名女孩早早地换上了清凉的夏装，看起来性感妖娆，她们一面窃窃私语一面偷偷地观察着刘天昊。

女孩们陆陆续续地下了电梯，讨论着这是哪家公司的老总，要不要追上去要联系方式等。

刘天昊从20楼下了电梯，又从消防通道向上爬了三层来到23层。大厦每一层有四户，两侧的是南北通透的户型，中间两户是单面朝向，姐妹花住的是靠东面的南北通透的大户型，总面积大约150平方米。

按下门铃后，刘天昊假装不经意地向四周看着，走廊里没有监控，六户人家防盗门上的猫眼是普通的猫眼，没有摄录像功能，大户型的房门是两扇开的大防盗门，这种门看起来大气，但防盗效果却远比不上单扇的防盗门，他又摸了摸姐妹花家防盗门的门锁，是级别比较低的 A 级锁。

可能是小白领们白天都上班了的缘故，走廊里很安静，姐妹花家中柔和的门铃声听起来非常清晰，连续按了三次门铃后还是没人应答。

刘天昊突然闻到一股奇怪的味道，味道是从姐妹花家门缝飘出来的，可能是防盗门密封比较好，味道若隐若现。

他蹲下身子凑近锁孔用力嗅了嗅，脸上神色一变。

是煤气！

"糟了。"刘天昊下意识地拿出电话，想了一下又急忙放进口袋里，从公文包里掏出一个包，里面放着一些开锁用的工具。这是小钟吃饭的家伙儿，当初小钟作为礼物送给刘天昊的，还手把手把开锁的手法教给刘天昊。刘天昊也没在意，稀里糊涂学了开锁技巧，由于时间原因学得不精，但一般的锁也难不倒他。

花了将近 10 分钟的时间，锁开了，他抹了抹额头上的汗，轻轻地压下门把手拉开房门，一股刺鼻的味道扑面而来。此时要是有人开灯、打手机或者能够产生火花的任何行为，立刻会发生爆燃，整栋房子都会化为乌有。

他有些庆幸，刚才按门铃的时候没有触发爆燃。他下意识地用衣服捂住鼻子，向房子里急速走去，整个房间都充满了刺鼻的味道。

他立刻打开客厅南北向的窗户，对流风瞬间把煤气吹了出去，又快速地找到了煤气的阀门，刚关上阀门，他就感到身体有些发虚，大脑反应迟钝，晃了两晃差点没倒在地上，勉强走到门口关上房门，这才踉踉跄跄地回到客厅的南窗户前。

南窗是进风口，大量的新鲜空气涌了进来，让刘天昊清醒不少，缓了一阵后，头晕的症状基本消失，他这才走到主卧室门口打开房门，卧室很大，以粉色基调为主，房间中天然气的味道还未散尽，他把窗户打开，又走到次卧前打开门。

次卧房间的面积比主卧稍小，一张很大的床上躺着两个人，两人分别盖着被，呈平躺状态，头发梳理得很整齐，脸上非常平静，但给人的感觉很怪异，因为她们太过安静了，甚至没有一点活人的气息。

主卧室的风吹了进来，吹散了房间中的煤气刺鼻的味道，几乎同时，他也闻到了一股死人身上特有的味道。

第十三章　先机

《名侦探柯南》是很有名气的悬疑探案类动画片，老少皆宜，其中的主角柯南号称行走版死神，走到哪儿哪儿就会死人。显然刘天昊也具备了这种体质，区别是柯南与死者之间很少有关联，而刘天昊与此案中的死者之间有关联！

每当刘天昊查到相关联的人时，幕后黑手势必会提前动手，或先或后地把关联的人杀死，栽赃给刘天昊，让他百口莫辩，同时也会掐断刘天昊继续查下去的线索。

令他奇怪的是，他找姐妹花这件事儿除了王佳佳之外，再无他人知道。他开出租车找到王佳佳时，在车上安放了一台信号干扰器，两人的手机都无法接收和发射信号，之间的对话不可能被其他人知晓，王佳佳更不可能出卖他，那么幕后黑手是如何在刘天昊之前动手杀人的？

还有一种可能，就是凶手原本就要杀死姐妹花，刘天昊只是碰巧！

这个想法刚冒出来，他就否定了。世界上本就没有那么巧合的事儿，更何况又有朱占林、王嘉利两人的案子在先。

刘天昊边想着案情边伸手在两人的脖子上摸了摸，姐妹花已经没了脉搏，他轻轻地掀开被子，发现两人居然没穿衣服，被子下面是白花花的肉体，他急忙盖上，检查了两人的颈部，发现颈部与下颌尸僵程度很高，凑近死者口部，未闻到类似于苦杏仁等味道，说明死者并非中毒而死，刚才匆匆瞥了一眼两人的尸体，未发现任何伤痕，说明二人亦不是遭到暴力致死。

从二人躺着的姿势和面相来看，很难分辨出哪个是姐姐哪个是妹妹。

二人平躺的状态太过平静和整齐，连被子都严丝合缝地盖着，被子的边缘与床的边缘是完全平行的。如果是睡觉时煤气中毒而死，不可能保持这种状态。所以要么是有准备的自杀，要么是被人用某种手段弄晕，然后把二人平放在床上，再打开煤气阀门，让她们中毒而死。

刘天昊翻看了床头柜上的物品，除了一部充电的手机和一些药物之外，还有几张相片摆台，药物以治疗某恶性传染病毒的为主，还有一些安眠镇静药，抽屉里有一些计生用品，还有部分女性用品。

床前的化妆台上横七竖八地放着一些未盖上盖的化妆盒，卸妆水等，门口的储物台上放着一个路易威登的女包，包的旁边有两张机票。刘天昊拿起机票看了看，是今天十七点 NY 飞往三亚的，中转站是南京，包里放着几瓶治疗某恶性传染病毒的药物还有一本病例，病例里夹着一张名片，名片是一名医生的，还有护照、银行卡、充电器和一些女孩特有的小物件等。

刘天昊立刻百度了一下，医生是全国著名的传染病治疗专家，所擅长的恰是姐妹花所患的病，还是这种病民间组织协会的会长。他打开房间中的大衣柜，果然看到了一个小型的爱华仕行李箱，打开行李箱后，里面是一些叠放得整齐的女性服装和内衣等。

二人定了去三亚的机票，拿着病例和医生的名片，显然是要去治病的，说明她们的求生欲望很强烈，要是已经决定了自杀，就没必要做这件事了。

房间的地板是棕红色的，地面很光滑，并未发现有拖行的痕迹和其他人的脚印，床周围也没有拖鞋。

刘天昊走到客厅，发现客厅沙发前面的大茶台下有两双拖鞋，拖鞋是棉绒布的，刚刚出了春天，天气还比较寒冷，加上两人得了恶性传染病，身体比较虚弱，不太可能有拖鞋不穿，光着脚沿着客厅冰凉的地砖走到卧室。

现代讲究时尚的女孩一般都喜欢喝咖啡，在家里客厅摆放茶台的很少见，眼前的茶台很气派，应该是一棵大树竖着剖开之后雕制而成的，上面还放着一套茶具，其中两个杯子放在距离沙发最近的位置，里面还有一些茶渍，应该是喝剩下的水风干后所致，茶壶里面泡的是普洱，刘天昊闻了闻，并未发现任何异常。

传说普洱能够减肥，很多爱美的女孩儿喝这种茶用来减肥，至于好喝不好喝却不是她们要考虑的问题。

茶台旁边还有一袋瓜子，一个专门嗑瓜子的神器，是为了避免嗑豁牙用的，沙发上有几个瓜子皮，凑近后还能闻到一股女人的体香和香水的混合味道。

刘天昊抓了一把茶叶用纸巾包了起来，随后他又回到次卧室，同样发现了一个一模一样的路易威登的女包和一个爱华仕的行李箱。

他又趴在地面上侧着脸看着地板，并未发现任何痕迹，只在一处两块地板的缝隙发现了一段毛巾纤维，他又来到卫生间，对比了挂在墙上的粉红色毛巾，和地板上的纤维完全一致，显然幕后凶手作案后清理了现场。

又在房间中找了一阵，并未找到遗书。

从目前看到的线索来分析，她们在昏迷前应该在客厅看电视，嗑着瓜子喝着茶水，幕后黑手不知用什么手段给二人下了药，等她们药性发作昏迷后才现身，把二人抱到床上，按照现在的状态布置好后，清理了痕迹，再打开煤气阀门，最后锁上门离开，等刘天昊上门找姐妹花时，正好落入幕后黑手的陷阱。

如果幕后黑手的最终目标是刘天昊，下一步要做的就是找个适当的时机报警，让警察上门来把刘天昊堵个正着，就算刘天昊依然能逃脱，现场留下的脚印指纹等又会成为他作案的证据，一场精心伪装成自杀的谋杀大帽子又会扣在刘天昊的头上！

想到这儿，他下意识地向窗外瞥了一眼，发现警灯刺眼的红蓝光闪过一下，他急忙跑到窗户前向楼下看去，果然有一辆巡逻的警车停在大厦的室外停车场上，三名警察从车上下来，大厦停车场的保安急忙迎了上去，点头哈腰地打着招呼，三名警察略微停顿一下，简单对保安做了一些询问，随后保安转身向刘天昊所在的方向指了指，那三名警察的目光也看了过来，刘天昊急忙一蹲。

"来得好快！"刘天昊弯着腰向外面走去，刚走了两步，又转身回到主卧室，从床头拿起那部苹果手机，点亮屏幕后冲着姐妹花的脸上晃了晃，手机并未解锁，到了密码界面，他犹豫一下，连续输入"111111""222222"等密码，最后当他输入"123456"时，手机居然解锁了，简单查看了微信和照片等内容后，调成飞行模式，他才把手机收了起来，看了一眼地面上的脚印以及他曾经翻过的路易威登女包、行李箱等，他叹了一口气。

幕后黑手不知用了什么手段，处处占了先机，始终让刘天昊处于被动局面，几乎每一步都逼着刘天昊不得不继续前行，等待着刘天昊的依然是陷阱，而且是更大的陷阱！

……

巡警组长安排了一名辅警和保安在大堂门口待命，检查过往的可疑人，又安排了另一名辅警和保安从消防通道向楼上爬去，他则是坐着电梯上了23楼。

当辅警从消防通道来到23层走廊时，巡警组长已经站在姐妹花家门口按了数次门铃。

"没人。"巡警组长说道。

辅警皱了皱眉头，说道："洪科，你闻到有股煤气的味儿没？"

巡警组长洪科抽了抽鼻子，摇摇头："我这两天感冒，啥都闻不着。"随后他看向保安。

保安也学着洪科的样子抽了抽鼻子，又指了指姐妹花的家："我一上来就闻到有股煤气味儿，好像就是从她家传出来的。"

洪科立刻冲着保安说道："赶紧联系物业，把大厦煤气总阀门关了，报119火警，另外联系这户业主，快！"

保安慌忙地点着头，从口袋里拿出手机。

洪科一把抓住保安的手，厉声说道："不能在这儿用手机，到大堂用座机电话打，电梯也停止使用，免得有人坐电梯抽烟引发爆燃。"

保安刚想说话，想了想还是咽了回去，转身进了电梯。

他想说的是电梯里不允许抽烟，不会有这种危险，但转念一想，总会有人不守规矩，在电梯里抽烟的人大有人在，甚至在有人劝阻的情况下依然我行我素。

"你看看其他几户人家有没有人，如果有人，立刻组织人员疏散，我到消防通道汇报情况。"洪科进入消防通道，用对讲机向总台汇报着："我是22号巡逻警车，刚才我接到中心一起报警电话，到龙海大厦2301出警处理，发现2301可能有煤气泄漏，已经让物业报119，同时组织疏散相关人员。"

洪科的汇报专业而老练，不但把事情处理得很圆满，而且规避了责任。

原来，10分钟前110指挥中心接到一起报警电话，说龙海大厦2301室可能有煤气泄漏，会有爆炸的危险。

龙海大厦人口密集，煤气一旦泄漏发生爆燃危害极大，110指挥中心立刻联系了最近的22号巡逻车出警。

消防中队的效率非常高，不到5分钟的时间，两辆消防车便进入停车场待命，数名消防员乘坐电梯来到2301门口。

保安也跟了上来，向洪科说道："总阀关上了，但联系不上业主，说是电话无法接通，应该是没信号。"随后他又抽了抽鼻子，说道："走廊没什么味道了。"

洪科摇了摇头，说道："不能冒险，这事儿我做主了，破拆吧！"

消防的一名排长点了点头，消防员正要拿破拆工具，保安急忙上前阻止，说道："不用破拆，楼下有一家开锁公司，一分钟就能上来。"

洪科点点头。

消防的破拆工具比较落后，防盗门的等级虽说比较低，但真的要拆怕是要20分钟以上才能打开，绝对没有开锁匠来得快。

果然，开锁匠用了三分钟时间打开防盗门，洪科看到房间的窗户开着，悬着的心落了下来，当他进入房间看到主卧室躺着的两个一动不动的姐妹花时，他的心又悬了起来。

经过简单的勘查，警方确定了姐妹花已经死亡。

"齐队，我是巡逻老洪，龙海大厦出事儿了，你赶快来一趟！"

第十四章　见证者

龙海大厦 2301 的勘查结果并未出乎齐维的意料。

地面上清晰的脚印是刘天昊的，爱华仕行李箱、路易威登女包、药瓶上的指纹也是刘天昊的，阿哲还在煤气阀门和门把手上发现了刘天昊的指纹。

房间中除了两名死者的指纹和痕迹之外，就只有刘天昊的指纹和脚印。

经过技术科的鉴定，防盗门锁芯上有开锁工具留下的痕迹，是开锁技术不精造成的痕迹。

两名死者的死亡时间是今早五点左右，死亡原因是一氧化碳中毒，死者生前服用了大量的类似"神仙水"的药物，极大地减弱了人体对窒息产生的应激反应，所以死状看起来非常平静。

两名死者生前有过性行为，但体内并未发现有男人的体液，也未发现避孕套等计生工具，应该是凶手做完后带离了现场。

大厦所有进出口的监控摄像都进行了排查，却并未发现刘天昊的身影，但这并不是件好事儿，因为无法确定刘天昊进出大厦的时间，就意味着他可能在任何时间进出大厦，加上案发现场出现的大量指纹和脚印等痕迹，再次把刘天昊钉在凶手席上。

刑警大队五中队的办公室气氛比较凝重，现在的形势对刘天昊越来越不利，先后四人的死亡都与他有关，所有的线索都指向他。

"我不管你们用什么办法，总之，不能再死人了，所有警力全面铺开，一定要把刘天昊给抓回来！"钱局很少发火，但这一次他的脸实在挂不住了，先是被市委书记约谈，后来政法委又给他施加压力，社会上大报小报、新闻媒体纷纷把关注点盯在刘天昊警察的身份上。

面对钱局的怒火，韩孟丹等人纷纷低下头，整个办公室除了鱼缸打氧泵的嗡嗡声之外，安静极了。

"孟丹，你说，刘天昊和你联系过没有？"钱局的目光很具有杀伤力，看得韩孟丹一阵阵胆寒。

"没有。"韩孟丹回答得干净利落，没有丝毫犹豫，语气冰冷得像一座冰山，断了钱局继续问下去的可能性。

钱局又看向虞乘风。还没等钱局问话，虞乘风立刻摇着头说道："他也没联系我。"

虞乘风一向不撒谎，这一点整个刑警大队都知道，钱局盯着虞乘风看了一阵，见他脸不红气不喘，最后只得哼了一声，扶了扶眼镜掩饰尴尬。

"刘天昊莫名其妙地杀人，莫名其妙地逃跑，本来可以说清楚的事儿弄得莫名其妙，你们现在又莫名其妙地破案，都是莫名其妙！"钱局甩下这句话后便离开办公室，只留下众人面面相觑。

钱局本来人很实在，从来不说官话套话，可在官场时间长了，耳闻目睹多了，自然也会受到影响，一连用了五个莫名其妙的排比句，要不是气氛比较凝重，估计齐维能笑出声来。

"齐队，咋办？"阿哲问道。

齐维看着钱局离去的方向干笑了两声："还能咋办，他是局长，说的话还能不听，你去安排警力吧，差不多就行，反正也抓不住这只老狐狸。"

齐维是老刑警，做事很有度，领导的话不能不听，但也不能全听，不听是不敬，全听了案子就不用破了！

阿哲点点头立刻向外走去，不大一会儿便又回到办公室，见房间中三人都是低头不语，便没说话，安安静静地站在齐维身旁。

过了好一阵，齐维才扭头看向阿哲。阿哲凑到齐维耳边，耳语了一阵。

韩孟丹凝重的脸上皱起了一个眉头疙瘩，她表面看起来平静如水，但内心却已经乱成了一团麻。

朱占林枪杀案，韩孟丹并不相信是刘天昊作的案。王嘉利被杀后，现场的证据再次牢牢地锁定了刘天昊，她的信心开始动摇，随着查三妹和查四妹的死，她已经无话可说，或者说内心有种无力感。

她现在不知道应不应该继续相信刘天昊，她只希望这一切只是一个梦，当明天早上醒来时，一切都已过去。

虞乘风却依然坚信刘天昊是无辜的，肯定有只幕后黑手在推动整件事，只要揪出这只手，就可以解决所有危机。

"齐队……"虞乘风打破了沉默。

齐维清了清嗓子，把目光投向阿哲。

阿哲立刻会意，说道："刘队的潜逃轨迹是跟着朱占林所关联的线索走的，他应该在追查什么，而不单单是潜逃。高利贷大哥王嘉利曾是朱占林的老板，姐妹花查三妹和查四妹是朱占林的相好，也是他的衣食父母、经济来源，如果按照现在的情况看，刘队的下一个目标一定还和朱占林有关，所以我认为要从朱占林的社会关系着手，查出下一个目标，提前进行部署……"

齐维接着说道："阿哲得到线报，说朱占林生前和蒋小琴联系过，两人还频繁接触过几次，但都是在公共场合，不是在蒋小琴的别墅。"

齐维所说的线报其实不是阿哲的线报，而是他的，他的线人遍布NY市各个行业和角落，消息来源非常广泛，这也是他破案神速的一种手段，这点是科班出身的刘天昊、虞乘风等人不具备的。

"你的意思是说下一个受害者可能是蒋小琴？"虞乘风问道。

"咱们可以换一个角度想想……"齐维说到这里看向韩孟丹。

韩孟丹和他对视一眼，摇了摇头。

"换位思考，如果咱们是刘天昊，遇到这种事会怎么想？怎么办？"齐维继续引导众人。

"刘队肯定发现了一些线索，但又没法言明，一旦他被控制起来后，可能这条线索就会断了，案子就成了死结，有口难辩，所以他只能逃。"虞乘风答道。

齐维赞许地点点头："差不多，他沿着疑点一个个地查下去，当幕后黑手发现刘天昊即将要揭穿他真面目时，便会出手掐断线索，高利贷王嘉利、姐妹花应该都掌握着关键线索，但王嘉利和姐妹花本身并无瓜葛，他们相关联的核心是……"

"朱占林！"虞乘风说道。

"或者说，幕后凶手为什么要选择朱占林，而不是其他人？"齐维说到这里突然"咦"了一声，随后他从桌子上拿起一些资料看着，资料是朱占林枪杀案的，他看了一阵后，说道："时间紧迫，咱们兵分四路，乘风跟蒋小琴，查出蒋小琴和朱占林之间的关系。孟丹重点是尸检工作，看看还能从四名受害者的尸体上发现什么线索。阿哲继续负责抓捕刘天昊，还是之前的策略，外松内紧。"

阿哲和虞乘风立刻应了一声，韩孟丹却问道："那你呢？"

"我突然想起一件事儿，需要去验证，你先别问，我得捋捋线索，现在还是有点乱，说也说不清。"齐维说道。

韩孟丹和齐维对视了一阵，最后叹口气："好吧。"

齐维冲着韩孟丹笑了笑："放心，我会秉公办事，绝不会带任何偏见，你知道的，我和刘队没有矛盾，无论是个人还是仕途，都没有。"

不等韩孟丹答话，齐维便转身离去，阿哲和两人打了一声招呼也转身离开。

"孟丹，我知道你心里有点乱，说实话，我也乱，咱们和昊子搭档了这么多年，没人相信他会做出违法乱纪的事儿，而且这几件案子来得突然，没头没脑的。"虞乘风劝着。

"我心没乱，你想多了，该是什么样就是什么样，真相不会因为我们的判断而发生改变，我们只是事件的见证者，不是缔造者。"韩孟丹不肯承认心乱的事实，哪怕是当着老搭档虞乘风的面也不行。

虞乘风点点头，拿起桌子上的资料向外走去，蒋小琴可不是个容易伺候的主儿，他要做好充分准备才能和她接触，否则，人家两句话就会把他打发了。

......

　　来实习的女法医是一名刚刚毕业的小姑娘，一副金边的眼镜显得她更加文静，眼睛中透着纯真，上扬的嘴角让人感到很亲切，得体的衣装配合着运动鞋凸显了她的青春气息。

　　韩孟丹回到法医解剖室后，脱下白大褂，冲着实习女法医说道："小慧，陪我去一趟案发现场。"

　　实习女法医名字叫单小慧，来到刑警大队后就一直没出过现场，听说韩孟丹要带她出现场，她眼睛一亮。

第十五章　第四条线索

　　中国是一个无枪国家，枪击案在中国极其罕见。警方对枪支的使用也极为谨慎，不到万不得已，绝对不会动用枪支。

　　自打"NY 五号案件"以来，市局组织了数次枪械管理大排查，收缴了市面上所有的枪支，连最著名的 NY 黑市也不敢出售黑枪，至此后再未发生过枪击案件。

　　凌晨五点的 NY 还有些朦胧，加上阴天的缘故，能见度很低，初夏早晨的寒冷出乎了人们的意料，外出锻炼或者是刚刚夜归的人们躲在厚厚的外套里，街道两旁停放着很多汽车，人们在车辆中来回穿梭着，新能源公交车带着电流的吱吱声行驶在街头。

突然一阵爆豆似的枪声惊醒了有些倦怠的路人，安逸惯了的人们并未意识到危险，反而纷纷拿出手机向枪声的方向开始录视频。

展开枪战的一方是警方，三名便衣和三名制服警，他们或是躲在汽车后，或是贴着墙根蹲着，三名便衣和一名制服警察手上拿着枪，朝着一个胡同口的方向瞄着，时而开两枪，另两名制服警察手上拿着电警棍，躲在警车后车厢后面。

另一方却始终不见人影，偶尔一声不同声音的枪响证明着对方的存在。

"指挥台，我是12号巡逻车，我们在龙腾街发现了疑犯刘天昊，在追捕过程中与其发生枪战，目前我方没有伤亡。"持枪的制服警察用对讲机和总台联系着。

"尽量不要和嫌疑人发生近距离枪战，控制其活动范围即可，我立刻上报市局领导，请求特警支援。"

……

警方的行动极为迅速，特警很快赶到现场，钱局和韩忠义也开着自己的车来到现场，而此时还不到五点半。

双方一共开了12枪，其中警方开了9枪，刘天昊开了3枪，刘天昊的最后一枪是在10分钟之前，之后双方便一直僵持着。

刘天昊的三枪都没落空，一枪打飞了制服警察的帽子，子弹正中帽徽中心，一枪打在警车的警灯上，打灭了警灯，最后一枪打在一名便衣警察旁边的地面上，弹着点距离他的鞋只有一厘米的距离，溅起的地砖碎屑打伤了便衣警察的脸。

特警把整条街道包围得水泄不通，甚至连附近的两条街道也布满了警力，对过往行人进行逐一排查，看架势势必要把刘天昊缉拿归案。

韩忠义拿着扩音喇叭冲着胡同口喊着："刘天昊，我是韩忠义，我命令你马上缴械投降。"

韩忠义喊了几声后，和钱局对视一眼，他不愿意下达强攻的指令，枪械无眼，无论是伤了特警还是刘天昊，都不是他们所愿意见到的。

围观的人越来越多，居民楼的群众也纷纷打开窗户，用手机拍摄着现场，一旦再次发生枪战，可能会伤及无辜。

然而胡同里却一点动静都没有。

便衣警察小声对韩忠义说道："我之前喊过话，也是没有回应，但我们一向胡同前行，枪就响了，您看看我的脸，还有……"

制服警察把被子弹击中的帽子放在警车的后备厢盖上，又指了指被打碎的警灯。

韩忠义看了一眼钱局，钱局微微点了点头。

"刘天昊，我们要攻进去了，你现在投降还来得及！"韩忠义冲着特警队长挥了挥手，小声地向队长说道："尽量别伤他！"

数名特警持着防弹盾牌成战术队形向胡同潜去，他们走得很快，动作娴熟配合得当，无论从装备还是战术，就算胡同里藏着几名全副武装的歹徒，也不在话下。

韩忠义的手上冒了汗，他心里清楚，特警一旦出动是绝不会手下留情的，不会因为刘天昊的身份就采取保守措施，需要开枪时，他们不会犹豫，更不会掺杂半点感情。

这是令人窒息的30秒，当三组特警走到胡同口时，对讲机传出声音："胡同里没人，继续向前，保持警惕。"

现代的城市已经很少有胡同，因为龙腾街和附近的几条街道属于非物质文化遗产，一直保持着早年的建筑风格，老胡同、电线杆、四合院都是标配的地标物。

"排查胡同的住户，注意安全，尽量别动枪。"韩忠义指挥着。

"一组未发现嫌疑人，安全。"

"二组未发现嫌疑人，安全。"

"三组未发现嫌疑人，安全，整个胡同排查完毕，嫌疑人已逃离现场。"

"这家伙，差点把我打死！"制服警察用当地话骂了一句。

韩忠义盯着制服警察看了一阵，直到对方低下头，他叹了口气，拿起帽子里外看了看。

刘天昊一共开了三枪，一枪打在制服警察的帽徽上，另外一枪打中了警灯的线路板，还有一枪打在便衣脚下，在当时视线比较差的情况下，能打出这种效果是上千发子弹磨出来的，绝非一日之功。

制服警察显然心里不服，哼了一声。

"这小子，够胆大的，这一枪要是打偏了……"韩忠义低声嘀咕着。

刘天昊的枪法在 NY 市是数一数二的，甚至在全国范围内，比他枪法好的警察也不多。手枪射击的难度很大，胡同和警车、制服警察、便衣之间的距离大约 60 米，就算在空况良好的靶场也很难命中目标。

"你们辛苦了，先回局里休息吧。忠义，咱们去看看现场。"钱局托了托眼镜说道，同时冲着制服警察做出一个鼓励的笑容，又拍了拍他的肩膀。

韩忠义嘘出一口气，整了整领带，把扩音器放在警车后备厢上，向胡同走去。三组特警人员站在胡同里依然保持着警惕，特警队长站在一处墙边看着地面，见钱局和韩忠义走了进来，急忙说道："钱局、韩队，这里有血迹。"

韩忠义和钱局走到血迹附近看了看，血迹是呈滴落状态，不多，是新鲜的，还保持着液体的状态。韩忠义看后心里一紧，又沿着胡同走了一圈，并未发现大量的血迹，这才稍稍放下心来，回到胡同口。

胡同口的墙边摆放着三枚子弹壳和两枚子弹，三枚空弹壳一横排紧靠在墙边，两枚子弹竖着排列在三枚空弹壳前面，和空弹壳呈 T 字形。

钱局看了看子弹，向韩忠义投去询问的目光。

韩忠义正要说话，却见齐维从胡同口走了进来，同来的还有王佳佳和老蛤蟆，老蛤蟆扛着摄像机，被执勤的民警拦了下来，两人就在警戒线外开始录像直播。

韩忠义遂冲着子弹扬了扬下颌，向齐维问道："齐维，你看看这些子弹，什么意思？"

齐维蹲在子弹前看了看，又拿起三枚弹壳挨个闻了闻，随后走到特警队长身边，用手指摸了摸地面上滴落的一些血迹，走到钱局和韩忠义面前，说道："他告诉了我们四条线索，第一个，他已经没有子弹了，构不成威胁。正常来说，巡警的枪里有五颗子弹，前两发是空包弹，后面三发是实弹。我们刑警的枪里一般都是上七颗子弹，全是实弹，这是出于工作需求的不同，在朱占林枪杀案中，刘天昊开了两枪，现在他又开了三枪，还有两发未射发的子弹。"

钱局点了点头。

"第二条线索是他受伤了，血迹呈滴落状，散落在不到两平方米的范围内，血迹呈暗红色，说明是静脉血，很可能是擦伤，从胡同墙上和地面的弹着点来看，应该是跳弹误伤，从血液滴溅散开的程度来看，很可能是颈部以上部位受伤。"齐维说道。

钱局松了一口气，问道："第三呢？"

"第三是刘天昊通过这三发子弹告诉咱们，他不想杀人，否则，这三颗子弹咱们就要牺牲三名战友了。"齐维说道。

韩忠义点点头，这点他也看出来了，但刘天昊做得有点过了，在那种情况下，一旦失误，被打飞帽子的警察很可能会被爆头。

"第四条线索就是这五发子弹的摆法，T 字形，也是最为关键的，其实……"齐维说到这里停顿了一下，端着下巴思索着。

"其实什么？"钱局急着问道。

齐维神秘一笑，随后凑到钱局跟前小声说道："其实我也没看破！"

钱局白了齐维一眼，瞥向韩忠义。

齐维办案的手段没得说，但"不正经"在公安局内部也是出了名的，不管官职大小、不分场合，随时可能"不正经"起来，但碍于他的经历和功劳，连钱局也只得睁一只眼闭一只眼。

"我刚才问了巡逻车的民警，他说是接到了一个报警电话才堵着刘天昊的，报警的是个男的，听起来有三四十岁吧，说刘天昊就藏在胡同最里面的宅子里。"齐维说完冲着那名被打飞帽子的制服警察招了招手。

制服警察走了过来，拍了拍帽子，说道："钱局，我就这一顶帽子，还指着这个吃饭，你得让后勤再给我弄个来！"

制服警察是名老警察，没有太多的欲望，和钱局说话时也不怎么客气。

"行，行！"钱局点了点头。

无论案子能不能破，只要别出人命，钱局就要烧高香了。

老警察对齐维的态度却恭敬得很，问道："齐队，您有什么指示？"

第十六章　神秘人

"老哥，报案人打的是你的手机，而不是从 110 指挥中心接的警？"齐维问道。

他立刻答道："直接打了我手机，这种事儿也算常见，我曾经当过片警，很多人知道我手机号。"

警察都有两部手机，一部是生活用的手机，是自己买的，另一部是配发的制式手机，是工作用的。

"报警人的原话是什么？一个字别差。"齐维问道。

老警察略加思索后说道："通缉犯刘天昊就在龙腾街道第三个胡同最里面的宅子里。就这句，然后就挂了电话！"

齐维示意他继续说下去。

"刘队的事儿大伙儿都知道，我不敢大意，立刻和指挥中心做了汇报，因为一直有便衣蹲点抓捕刘天昊，所以我们会合在一起准备查查那间宅子，没想到车刚停稳，就看到刘天昊从胡同向外面探头探脑，我立刻掏出枪指着他，想不到他抬手一枪就打飞了我的帽子，这家伙，真是丧心病狂！"老警察直到现在心里还有些发颤，那一颗子弹贴着头皮飞了过去，要是再低一寸，估计整个头盖骨都得被掀起来！

"报案人留联系方式了吗？"齐维微微点了点头，刘天昊的枪法他清楚得很，如果没有把握，他不可能随意开枪。

"没留，报警后就挂电话了，之后我再打电话过去就打不通了，看号段应该是网络虚拟电话。"老警察说道。

根据老警察的叙述，报案人绝非无意中看到刘天昊，而是对他的行踪了如指掌，这才有针对性地报了警，采用网络虚拟电话就是为了避免日后被查！10万元的悬赏金不是小数目，如果是一般群众举报肯定会想要这笔钱，不可能连个联系方式都不留下。

钱局和韩忠义非常敏感，经过齐维这一提醒也注意到了这件事儿。

"举报人肯定有问题。"韩忠义说道。

钱局托了托眼镜，向齐维问道："齐维，你有什么想法？"

齐维一咧嘴："无论如何还是得先抓到刘天昊，朱占林、王嘉利和查三妹、查四妹的案子在那儿摆着呢。"

钱局知道齐维办案有自己独特的套路，也没再说什么，铁青着脸和韩忠义离去。

老警察走到齐维身边，埋怨道："这个刘天昊，坏事做尽，还差点一枪打死我。"

齐维摇了摇头："老哥，你放心吧，他那枪无论如何都不会伤了你，嗯……真正的神枪手除了对枪械了如指掌之外，开枪时凭借的是感觉，感觉打哪就会打哪。"

老警察吧唧吧唧嘴，本来还想争辩两句，但想了想，刘天昊和齐维是 NY 市最有名的神枪手，几乎是指哪儿打哪儿，在射击方面，他们所说的没道理也变得有道理。

老警察嘀嘀咕咕地转身向胡同外走去，齐维蹲在子弹壳前思索着，T 字形的子弹排列究竟是什么意思，刘天昊想告诉他什么？

齐维想了好一阵还是没想出来，事后诸葛谁都能做，但要做到分析推理、预测判断却很难。

齐维边思考边向警车走去，突然他发现一个熟悉的人影从一旁闪过，他嘿嘿一笑，几乎三步并两步地追上去把那人一把抓住，说道："小昌子，好久不见了，见我就躲，是不是又做坏事了？"

被齐维抓住胳膊的人是一名长相猥琐的年轻人，叫齐国昌，曾经因为盗窃三进三出，后来遇到了齐维，齐维知道如果不给他足够大的教训，他绝不可能改邪归正，于是齐维用了非常手段，让他大彻大悟，最后找了一份正式的工作。

齐国昌见躲不过，就满脸堆笑着说道："齐所，我从良了，这不准备上班呢吗！但一看到闪着的警灯就不由自主地害怕，看到你更想躲着走，打心里怕，真的，没啥！"

齐维抓着齐国昌的胳膊没放，心里却在琢磨着他的话：看到警灯就躲着走！

刘天昊一共开了三枪，第一枪打飞制服警察的帽子，第三枪打在便衣身旁是为了震慑，好不让便衣和巡逻警察们靠近，第二枪打坏警车的警灯完全没必要。

受到齐国昌"看到警灯就躲着走"的话启发，刘天昊第二枪打碎警灯是为了告诉钱局、韩忠义、齐维等人一件事，通缉令和警察的追捕会让刘天昊继续逃下去，而幕后黑手为了不让刘天昊的追查威胁到他们，便采取一些措施，比如杀死线索中的关键人等。

想通了这点后，齐维把齐国昌的胳膊放开，帮他整理了一下衣物，笑着说道："兄弟，以后见着警灯不用躲着走，正大光明、心中无愧，就可以畅通无阻。"

齐国昌自然不明白齐维的话，只是笑了笑，急忙向远处走去。

……

对于刘天昊来说，今天是他最难捱的一天，先是被便衣和巡警堵在胡同里，双方发生了枪战，差点要了他的命，在逃离时，他又发现被人跟踪，令他惊讶的是，无论他使出什么手段，都无法摆脱跟踪，他还不知道跟踪他的究竟是什么人，更不敢停下来深究。

但腿上的伤却让他的步子越来越沉重，失血过多让他的体力变得很差，加上原本他肩头伤口感染，低烧令他头昏脑涨，若不是有强大的意志力支撑，怕是早就昏迷过去。

随着街道上的人越来越多，他暴露的可能性越来越大，一旦昏迷倒地，热心的群众肯定会报警或者是打 120，等他再醒过来时……

人都有第六感，刘天昊的第六感很敏锐，被人监视跟踪的感觉越来越强烈，他甚至能感到对方的心跳声，他停住脚步向四周看了看，除了匆忙路过的人们，并未发现异状。

"可能是我产生幻觉了。"刘天昊吞服了几片抗生素，又假装系鞋带的工夫绑了绑腿上的纱布，以免伤口流血。

走了一段路之后，被人监视的感觉依然存在，他知道凭借现在的体力无法摆脱跟踪，便走到路边拦出租车。

网约车出现后，大部分的出租车司机也加入网约车行列，在路边拦车很难保证成功率，在拦了六台车之后，他才算坐上了一台大众桑塔纳。

"师傅，松江路别墅，我有急事，开得快点啊！"

松江路别墅原本是刘大龙的别墅，在他出事后产业被蒋小琴全盘接手，其中就包括这栋别墅，在别人的眼里，这种别墅曾经死过人，是凶宅，但在神鬼无忌的蒋小琴眼里却算不上什么。

司机看起来很年轻，却满脸的胡楂儿，他咧了咧嘴，把手上的香烟一口气吸完，把烟头儿从窗户缝扔了出去，随后熟练地挂挡、轰油门。他的开车技能很娴熟，车开得很猛，违规变道、加塞、超速，几乎不到10分钟的时间就犯了所有的违章，而且嘴里碎碎叨叨地说个不停，道路上无论是谁，只要挡着他的道了，他就会骂几句。

要是放在平时，刘天昊肯定会训他几句，甚至可能会举报他，但他现在想要的就是这种司机，也只有这种司机才能带着他摆脱神秘人的跟踪。没想到的是，刘天昊被人盯着的感觉并未减轻，那道目光一直在注视着他。

他从车窗向左右和后面看了看，并未发现可疑车辆，当他把目光集中到司机身上时，他找到了那道神秘目光的来源。

"你到底是谁？"刘天昊已经握紧了拳头。

司机一愣，但手上和脚上的动作并未停顿，车辆依然在快速地向前行驶着。

"我是司机，这还用问撒！"司机满不在乎地回答着，还在停车等红灯时朝着窗户外吐了一口痰。

他用的是武汉话，话尾一个"撒"字说得非常正宗。

"你吸烟的方式很特别，从吸烟的样子来看，你是个老烟民，但你夹烟的左手两根手指却没被烟熏黄。我在你挂挡的时候看到你的右手食指左侧有一层老茧，而且只有这处才有，说明你很可能经常摸枪，如果你是名老司机，长时间的坐姿会让你的下肢变得细弱，而你的腿看起来粗壮有力，另外，刚才那口痰也出卖了你。"刘天昊说道。

司机扑哧一笑，说道："吐口痰也被你说，你是名侦探柯南撒！"

"吐痰是人体正常的生理行为，但你那口完全是口水，是为了彰显你的痞气才吐的，换句话说，你的演技还不错，却演过了！我从来没见过你，要么你化了妆，要么就是外来的。"刘天昊说道。

司机微微摇摇头，笑着说道："你双目发赤，脸色惨白，肩膀活动范围受限，显然是肩膀受了伤，长期的劳累加上伤痛让你免疫力低下，伤口感染导致发烧，你上车前左腿跛了一下，上车后立刻坐到了后座，用右手摸了左腿11次，露出的黑色袜子部分有板结的痕迹，这说明你左腿很可能受了伤，血流到了袜子上造成的。"

要不是车辆在街道上迅速地行驶着，刘天昊怕是此时已经和对方动了手。

司机哈哈笑了一阵，说道："你看看，我的灵魂里也住着一个小柯南撒！"

出租车在一处比较偏僻的街道旁停了下来，刘天昊一只手把在车门把手上。

"我知道你是谁了！"刘天昊把另一只手伸进口袋里……

第十七章　阿哲的动机

阿哲把出租车换成了自己的车，一台奔驰 GLEAMG63，6.2 的排量和精准的调校把发动机的动力压榨到极致，驾驶感绝对比刘天昊开的那台 6.4 排量的大切诺基 SRT 要激情得多。

平时上下班他开的是一台大众高尔夫，没人能想到穿着朴素、开一台普通汽车的阿哲居然还有一台这样的高性能车。

阿哲开车很猛，而且对路况很熟，并道、转弯几乎不假思索，迅速而坚决，而在他换了车之后，那种被人监视的感觉就再也没出现过。

刘天昊有一肚子的问题，但看阿哲开车时的专注，便强忍着没问。

很快，车辆驶入了一个别墅区，停在一栋别墅的院子中，这是葛青袍置办的一处产业，位于城区内一处地势较高的位置，低密度人口的别墅区很安静，和喧嚣的闹市相比，正可谓动中取静。

别墅的装修古香古色，院子里假山、流水一应俱全，一看就知道是由懂行的人指点过。别墅内部的装修是仿中国古建筑格局做的，与现代风格完全相悖。

葛青袍祖辈都是风水先生，积攒下来的财富惊人，买这样一栋别墅自然不算稀罕事儿，难能可贵的是，阿哲居然会选择警察这种危险性较高的职业，而且还是最苦最累的刑警。

"这是我叔给我结婚用的，装修的风格比较那个……"阿哲腼腆地笑着，应该是看到刘天昊疑惑的表情后解释给他的。

阿哲的笑容很真挚，完全看不出一丝狡诈，这让心一直悬着的刘天昊算是松了口气。

因为阿哲一直跟着齐维，始终笼罩在神探的光环之下，阿哲的角色定位更趋近于虞乘风，给人的印象并不是很深，做些辅助的工作。

让刘天昊意想不到的是，阿哲不但是名优秀的警察，还是一名正骨师、外科医生、中医、风水师。他有着不逊于齐维和刘天昊的逻辑思维，更难得的是他敏锐的"嗅觉"，在刘天昊如此隐蔽的情况下还能找到他，而且用了刘天昊找王佳佳同样的方法，最可怕的是，刘天昊居然没有一丝察觉！

他身上的伤绝不止肩头的刀伤和腿上的枪伤，手骨在和高利贷王嘉利几名打手搏斗时错了位，阿哲的手很有劲，捏了几下后，他的手骨错位便恢复了正常，至于枪伤和刀伤，阿哲帮他清了伤口，又用他家祖传的金疮药敷上，包扎的手法是西医的手法，虽比不上正规的护士，但至少比韩孟丹要强不少。

金疮药有没有效果现在还看不出来，但至少他感到伤口肿胀程度没那么严重了，两处伤口有一股清凉的感觉，让人很舒服。

"为什么帮我？"刘天昊活动了一下肩膀，之前所受的限制已经解除的七七八八，心里暗中佩服阿哲的医术和药物。

"没有为什么，想帮你。"阿哲的回答干净利落。

刘天昊一笑："在你和我接触之前，我有种感觉……有双眼睛一直盯着我，是你？"

阿哲摇摇头："不是我，是齐队从北京请来的国安专家，专门负责跟踪的，据说被她盯上的人很难逃脱，你应该是第一个从她的监视下逃走的人。"

阿哲话中的"她"指的是女性，但说出来和"他"同音，刘天昊自然听不出来。

"你是怎么找到我的？"刘天昊又问道。

这个问题很重要，阿哲能找到他，就意味着他的乔装和潜行有破绽，会有更多的警察能找到他，而其他警察不可能都像阿哲这样护着他，更多的警察会和那名开枪的巡警和便衣一样，会严格地履行职责，抓住刘天昊，甚至在某种情况下可能会开枪击毙他。

"当然是跟着那位著名的跟踪专家，如果不是她，我完全看不出你的破绽，这点你可以放心，我相信专家也没看出你的破绽，应该只是怀疑而已，否则，她早动手抓你了，对了，我听齐队说，她还是自由搏击的冠军，枪械、冷兵器、布置陷阱等样样精通，遇到她你可得小心些。"阿哲轻描淡写地说道，虽然他在言语里极尽能力夸赞跟踪专家，但实际上却并未放在心上。

刘天昊点了点头。

他对阿哲的印象完全发生了改变，跟踪专家的反跟踪能力一定很强，阿哲居然能够跟踪国安专家，还能通过线索找到刘天昊，并在国安专家的眼皮子底下把刘天昊带走，再摆脱国安专家，至少在这点上，刘天昊就自愧不如。

从目前的表现来看，阿哲的能力绝对不在齐维之下，甚至隐约超过了齐维，只是他现在还年轻，在社会关系方面还不如齐维，但有葛青袍这个大背景，相信不久后，他就可以拥有齐维拥有的一切资源。

阿哲和他几乎没什么交往，只是同事而已，现在他却冒着风险来救刘天昊，如果是齐维让他这样做的，还说得过去，但凭着刘天昊对齐维的了解，齐维是不可能做这种事儿的。如果是阿哲自己要这样做的，那他的目的究竟是什么？绝非"想帮你"这么简单。

想到这里，刘天昊再看阿哲时，发现他的眼神深邃，看似单纯，实则是看不透造成的错觉！

"我们查到蒋小琴和朱占林有多次来往，而且很有可能和你的事儿有关。不过蒋小琴那儿你就别去了，齐队让风哥找她去了，如果有线索，他一定会套出来。"阿哲说道。

刘天昊听后一惊，蒋小琴和朱占林之间的事儿很隐蔽，齐维怎么会知道！

转念一想，齐维破案的一大特点就是线报，他交际很广，NY市各行各业都有他的眼线，NY黑市的几个大哥都和他交情匪浅，算是个万事通，朱占林虽然是吃软饭的，但毕竟在道上混，有人关注他也很正常。

刘天昊也听出来了，阿哲话里有话，意思是如果刘天昊去找蒋小琴很有可能会和虞乘风碰面，虞乘风抓也不是，不抓也不是，会很尴尬。

"齐维对这件事怎么看？"刘天昊问道。

阿哲摊了摊手，笑着说道："按套路来呗，领导说咋办就咋办，但暗地里他还是按照自己的套路查案，齐队你又不是不知道，不过他偷着和我说过，不希望你输。"

刘天昊和齐维都是神探级别的人物，很少在一起交流，偶尔可能会因为一个案子碰上，像这次能够面对面正面交锋的情况少之又少，如果这次刘天昊败了，也就意味着他的命没了，这自然不是齐维想要的，但按照齐维的性格，他也不太可能和刘天昊假周旋，肯定会全力以赴地抓他，请国安局跟踪专家就是很好的例子。

刘天昊在和阿哲说话的工夫，用眼睛时不时地扫向四周，眼神中满是警惕。

"这里没有监控，也没有任何录音设备，也没人知道我有这处住所，别墅的治安很好，保安人员绝不会多事。另外，我是真心帮你，如果要抓你，凭你的伤是绝对逃不掉的。"阿哲双手手指慢慢舒展开，又慢慢合上，单从他的手来看，一定和葛青袍学过中国武术，说不定还是个顶级高手。

"谢谢你的信任。"刘天昊站起身准备离开，起身后他感到头晕眼花，一股无力感充斥着全身各处。

"你的伤很重，加上这段时间疲于奔命，再不休息好，估计你挺不过两天，就会暴尸街头。"阿哲从一个抽屉里拿出一把车钥匙，从其中选出一把，放在刘天昊的面前，又说道："这台车停在地下车库，低调朴实，你拿去用吧，找开出租车的朋友借车也不是长久办法。"

刘天昊心里又是一惊，他找的出租车司机绝对不会出卖他，一旦这事儿泄露出去，那朋友肯定会背上包庇的罪名。

"楼上有一个衣帽间，都是我的衣服，咱俩身材差不多，你穿着应该能合适，大门是瞳孔识别，你出去后就再也进不来了，现金我已经给你准备好了，在二楼卧室的床头柜上。"阿哲说完便向外走去。

刘天昊叹了一口气，看着阿哲的背影不知道该说什么，他知道阿哲绝不会这么简单，但至于动机，也许以后会有机会知道。

人毕竟是人，没有三头六臂，要是没有这些肝胆相照的朋友帮忙，刘天昊早挨不下去了。

随着 AMG 发动机的轰鸣声，阿哲离开了别墅区。刘天昊上了二楼，进了第一间卧室后看到床头柜上果然放着一沓钱，又到衣帽间选了一套衣服放进卧室，检查了周边的环境，在窗户和大门处设置了一些报警机关后，这才躺在床上。

床是硬板床，刘天昊的后背在沾到床铺之后，头一歪就睡了过去。

……

苗小叶就是阿哲口中的国安专家，和齐维差不多大的年纪，但由于不苟言笑，所以岁月的痕迹在她的脸上并不明显，她的相貌很普通，穿着极为朴素，和 NY 当地人的风格非常搭，这也是她能够成为跟踪专家的基本素质。

跟踪的第一要义就是要隐藏，在人群中看了你一眼却完全记不住你的存在，只有这样才有可能跟踪时不被人发现。

她跟踪人凭借的不是现代的科技，不是足迹学、侦查学等，而是她的直觉，这是她独特的能力，也是基于天生的敏锐性基础上，进行过苛刻的训练才达到的一种境界。

缺点是无法精准定位，只能凭着直觉大约感觉出刘天昊的存在，需要进行进一步的侦查才能确定目标。

当她根据齐维的分析来到刘天昊可能会出现的地点时，她的感觉突然非常强烈，预感到刘天昊就在附近，正当她准备精确定位刘天昊时，那种感觉却突然消失了。

一向不失手的她，居然跟丢了刘天昊。

看到一脸不服气的苗小叶，齐维笑了笑。

苗小叶的脾气不怎么好，上去就是一个爆栗砸在齐维的脑袋上，疼得齐维直呼求饶。

"齐队，蒋小琴那儿我去过了，有点收获！"虞乘风刚好进门看到了苗小叶打齐维的那一幕，知道两人的关系肯定没那么简单，否则也不可能一个电话就把苗小叶从北京请来。

齐维清了清嗓子，向苗小叶介绍："乘风，我兄弟。"随后又向虞乘风说道："苗小叶，国安专家，我朋友。"

虞乘风和苗小叶客气了一番，随后说道："齐队，你绝对想不到，连小说都不敢那么写，但蒋小琴和朱占林却做到了，恶心，绝对恶心人！"

第十八章　夜探仓库

俗话说得好，有钱能使鬼推磨，但现实可能更加残酷，可以说有钱能使磨推鬼。在物质为基础的社会里，钱可以通神，绝大部分的事儿可以用钱搞定，有了钱几乎等于有了一切。

有钱人的世界是常人无法理解的，理念也不是常人所能接受的，做事往往会出乎人意料。

10万元对于蒋小琴这样级别的富豪来说，和普通人买根雪糕的钱差不多。不知道她怎么找到的朱占林，当她约他在咖啡厅见面时，朱占林一度以为这个 NY 市最大的富婆看上了他。

朱占林自然是收拾了一番才去赴约的，油头粉面，还喷了香奈儿蔚蓝男士香水，穿上从巴黎时装周买来的最新男款时尚休闲装。

令他想不到的是，蒋小琴对他本身并不感兴趣，感兴趣的是他和蒋天一在相貌上有些神似！

在"裂变"一案中，蒋小琴失去了儿子蒋天一，她又上了年纪，不太可能再生育，在她比较传统的观念里，繁衍生息是非常重要的一件事儿，更何况还有蒋氏家族巨大的产业要继承，没了儿子，她所付出的一切努力都会拱手让给其他的同族后代，这是蒋小琴无法接受的。

为此，蒋小琴得了抑郁症，甚至几度要自杀，幸好身边的秘书、管家等人发现得及时，把人从鬼门关拉了回来。

几次生与死的磨难后，她终于意识到蒋天一死了就是死了，无法复生。蒋小琴几乎差一点就看破红尘了，但蒋小琴终究还是蒋小琴，信道归信道，对于俗事她依然乐此不疲，而且一副不把钱花光誓不罢休的架势，幸好她有足够的钱供她挥霍，通过花钱，她又重新找回了自己。

当她在一次上流社会的聚会上看到了朱占林，她眼睛一亮。朱占林在身材和外形上都和蒋天一差不多，气质上略逊色了一些，在年龄上朱占林比蒋天一略长，但朱占林抗衰老能力比较强，喝酒熬夜、风花雪月等行为并未在他的脸上留下痕迹。

一个念头在蒋小琴的头脑里闪现出来，包养他，让他成为蒋天一的代替品。

吃软饭不是一件容易的事儿，需要男人豁出脸面不断变着花样讨好女人，否则，时间久了就会因女人对其失去兴趣而失宠，而成为蒋天一的代替品，只要蒋小琴不死，这件事儿就会一直持续下去，至少后半辈子生计无忧了。

装装人家的儿子，叫声妈，哪怕是强颜欢笑、摇尾乞怜，对于朱占林而言，再轻松不过了，为了钱，比这事儿更难的事儿他都做过。这种好事可遇不可求，哪有不应的道理，但蒋小琴接下来的要求却让他有些为难。

蒋小琴的计划是准备让他按照蒋天一的样子去整容，然后花钱找个姑娘，帮她生一个孩子，如果孩子像蒋天一就留下，如果不像，给孩子母亲一笔钱作为抚养费，由她来负责养孩子，因为蒋小琴看到朱占林的第一眼就知道这个男人不负责任，吃喝玩乐还行，养家糊口怕是有些困难。

整容自然要选择到韩国，如果没有染上恶性传染病毒这件事儿，整容也无非是多挨两刀，算不上大事儿，可整容之前会做一系列的体检，他得了这种病的事儿就会曝光，这病治不好，并且会传染到后代，也就意味着蒋小琴的计划连一半都无法完成。他长得再像，蒋小琴也不可能容一个这样的病人在身边。

能傍上蒋小琴这个大金主，朱占林哪肯放过机会，展开浑身解数讨好蒋小琴，同时收集大量的关于蒋天一的资料，还有一些影像视频等，用以模仿蒋天一。

蒋小琴见朱占林还算机灵，便约了他几次，但都是在咖啡厅等地见的面，给了他一些钱，算是营养费和学习蒋天一的资金投入。

学习蒋天一不是难事儿，只要有钱就行。朱占林得了传染病，如果没有特效药，寿命无多，索性便学着蒋天一出入各种高档场所，女人、男人、年老的、年幼的，只要他能想到的，都会接触个遍，至于传染没传染，这不是朱占林考虑的事儿。

对于生孩子和去韩国整容的事儿，朱占林一直找各种理由推脱，直到他出事……

虞乘风说完后拿起桌子上一杯水喝了下去，抹了抹嘴唇说道："这人，连男人都不放过，你们说恶心不恶心？还有蒋小琴，这个老女人居然能想出这么一个办法，真是超出认知底线。"

苗小叶清了清嗓子，提示着自己作为一名女性的存在。

虞乘风缓过劲儿来，尴尬地咳嗽两声，说道："这些事儿我是从蒋小琴那儿了解到的，通过他的秘书和管家也得到了证实，我又去了夜店和一些会所查证，朱占林的确在这段时间消费比较厉害，每次都是以万元为单位进行消费，我又联系了朱占林老家的派出所，找到了他家，他的父母都去世了，家里还有一个哥哥，叫朱占海，务农，前段时间却突然把家里的老宅子改建成了二层小楼，还买了台黄海皮卡，他一年的净收入不会超过一万元，不可能有钱做这些事，可以肯定这是朱占林给他的钱。"

兄弟俩一个占林、一个占海，再占一个平原，地球都成了他家的了！

"严格意义来说，刘天昊和蒋小琴之间没有深仇大恨，蒋小琴犯不上用朱占林这样的人引诱刘天昊入局，基本可以排除蒋小琴是幕后黑手的嫌疑……会不会是咱们想得有些复杂了，根本就没有幕后黑手，没有什么阴谋，只是刘天昊在追捕朱占林的过程中……"齐维说到这里看了看虞乘风。

"齐队，不管你怎么想，我是相信刘队。"虞乘风坚定地说道。

对于刘天昊涉案的事儿，韩孟丹的信念动摇过，钱局动摇过，韩忠义动摇过，而齐维压根就没信过。分析案情时，齐维有时还偏向刘天昊说些话，但看样子也只是为了照顾虞乘风和韩孟丹的情绪，并未发自真心。

只有虞乘风一直坚信刘天昊没有杀人，这是他对刘天昊的信任，在人格上的信任。

"朱占林枪杀案中还有一些疑点，王嘉利案子的疑点也很多，姐妹花查三妹和查四妹的案子就更不用说了，她俩有恶性传染病，这件事刘队是知道的，就算再精虫上脑，也不可能冒着风险和她俩做那件事儿吧！"虞乘风说道。

"你说得有道理，不过自打刘天昊潜逃开始，他的行为就不能用正常两个字来形容。"齐维不咸不淡地说道。

虞乘风表情严肃了起来，却不敢再辩驳。

"乘风，你陪我上档案室去一趟。"齐维说道。

"档案室？"虞乘风一愣，随后他想起了齐维的经历。

档案室对于常人来说，和普通的办公室没什么两样，无非就是多一些档案，但对齐维来说，刑警大队档案室是他待了数年的地方，在那儿颓废过，又崛起，获得过，也失去过，那是一个让他又爱又恨的地方。齐维之所以能成为神探，和从事过档案室的工作息息相关。

虞乘风做了一个"OK"的手势，他知道齐维绝不是去档案室怀旧……

……

单小慧是第一次出现场，毕业后她就一直待在法医室里实习，每天的工作量很大，几乎占用了她所有的时间。

当韩孟丹和单小慧开车来到仓库时，天已经黑了下来，本来就弱小的月牙藏在云彩里，郊区不比城市，到了夜间格外安静，大地笼罩在一片黑暗中。

借着手电筒的光芒，看到仓库门口还拉着警戒带，仓库地面还画着白色的痕迹线，单小慧有些激动，但看到黑乎乎的仓库还有些害怕，拽着韩孟丹的胳膊小心翼翼地向前走着。

"你要是害怕可以回车里等着。"韩孟丹说道。

单小慧不好意思地松开手，怯怯地看了一眼韩孟丹，鼓起勇气跟着向仓库里面走去。

两人已经把现场的照片看过很多遍了，案情了然于胸，但案发现场就是现场，和照片的感觉还是不太一样。

韩孟丹站在死者朱占林倒下的位置，看着地面上一摊已经干涸了的血迹，大脑飞快地运转着。

单小慧来到刘天昊所在的位置，伸出手做手枪状冲着韩孟丹的方向比画着。

"韩老师，我感觉有些不对劲儿。"单小慧是个直肠子，有话憋不住，之前对齐维的行为看不惯，便直言相阻，根本不会顾及他的感受。

韩孟丹虽说思路被打断，却并未表现任何不快："以后叫我孟丹姐好了，韩老师听起来有些别扭。你说说吧。"

"好嘞！我的疑惑是死者朱占林是胸口正面中枪，他卧倒的方向是朝大门和窗户的方向，如果我在这个位置射击，子弹射入人体的角度不对劲儿。"单小慧说道。

这个疑点在之前齐维也提出过，而且还买了猪来做实验，按照齐维的性格，不弄清楚他是不会罢休的，但古怪的是实验结果没人知道。而且在整个事件中，齐维的表现也有些古怪，明明有线索和疑点，却不去求证，反而做些看起来毫无意义的事儿，究竟是装糊涂还是故意放水想放刘天昊一马？

"我在解剖朱占林尸体时，发现子弹射入人体的状态和以往被子弹击中死亡的尸体状态不同，好像……"韩孟丹说到这里皱着眉头苦苦思索着，那根弦就在她的脑海里，只要拨动一下就会发出声响，变得清晰可见，可现在她却够不着那根弦！

投入了案情分析之后，单小慧忘了害怕，眼珠一转，从大门跑了出去，从外面鼓捣了好一阵，才从很小的窗户露出了一张脸，冲着韩孟丹喊道："孟丹姐！"

韩孟丹向窗户看了一眼，发现单小慧露出一张脸，无奈地摇摇头。

仓库附近的村庄亮起了稀稀拉拉的灯火，仓库却笼罩在一片黑暗中，一条身影从远处迅速地向仓库方向奔驰而来，很快接近了单小慧的位置。

单小慧踮着脚尖向仓库里面看着，眼珠不停地滴溜溜转着，像是在思考着问题，对于黑影的到来毫不知情……

第十九章　会合

"孟丹姐，我觉得这个角度射击应该和朱占林身上的子弹射入角度比较符合。"单小慧努力地踮起脚尖，尽量让视线和韩孟丹成为一条直线。

"我明白了，我明白了！"韩孟丹在看到单小慧单眼瞄准的一刹那终于想到了症结所在。

刘天昊一共开了两枪，第一枪是鸣枪警告，子弹壳在鸣枪区域找到，但子弹头却始终未找到，在仓库里他开了第二枪，但第二枪却不是打朱占林，而是在窗口伺机射杀暗算朱占林的凶手！

韩孟丹立刻把手电照在窗户附近，喊道："小慧，你看看窗户附近有没有弹着点？"

单小慧个子不高，所站立的物体也不够高，导致她观察窗户时需要踮着脚，好在她的眼神还不错，查看了一阵后，还真让她找到了一处比较可疑的痕迹。

"孟丹姐，那个位置好像被子弹打过！"单小慧指着窗户上的一处说着，可能是有些着急，加上韩孟丹一直也没看到，她用尽全力踮起脚尖尽量地靠近那个点。

"就是这儿啊，这儿！"她喊着，却疏忽了脚下，踩在脚下的东西一个不稳，整个身体向后倒去："啊……"

韩孟丹反应很快，听到单小慧的叫喊后立刻跑出仓库查看情况，她发现单小慧并未倒在地上，黑暗中，一个高大的身影抱住了单小慧，一手勒住她的脖子，一手捂住她的嘴。

单小慧像只小兔子一样轻微地挣扎着，嘴里发出呜呜的声音。

韩孟丹心里一惊，她虽然是名警察，却大部分工作在解剖室和鉴定实验室里，平时进行过一些枪械和格斗方面的训练，但都是敷衍了事，战斗力几乎为零，见单小慧被人挟持，她能做出的反应就是向前走了一步，指着人影说道："放开！"

见那人影几乎没动地方，勒在单小慧脖子上的胳膊还紧了紧，单小慧只是微微哼了一声便再也发不出声音。

"孟丹，是我！"

"啊……"韩孟丹几乎在听到人影声音后惊叫了一声，随后又捂住嘴，向四周警惕地看着。

"放心，没人跟踪我。"刘天昊缓缓松开单小慧一点点，让她得到喘息，小声说道："我现在松开你，你别喊，行就点个头。"

单小慧用力地点点头，刘天昊完全松开后，她才喘上气来，极力地呼吸着空气，喘了几大口后才看向刘天昊："刘队，你差点勒死我！"

单小慧是在刘天昊出事后才来刑警大队法医鉴定中心的，两人并不熟悉，她看了一眼刘天昊，看到的是一张有些沧桑而疲倦的脸，又看了看韩孟丹。

她之前也听说过刘天昊、王佳佳、韩孟丹等人的事儿，她是很看好刘天昊和韩孟丹的这对情侣组合。

"啊……那个……我先进仓库看看！"单小慧突然发现她站在两人中间，而两人像是有话说，但碍于她的存在说不出口。

韩孟丹点点头，看着单小慧钻进仓库后，这才小声问道："这么久了，你怎么不联系我？"

刘天昊苦笑一声："我要是联系你，估计早被齐维抓了，他一直在监视你，手机应该上了监听手段，还有乘风，你俩是他监视的重点对象，你俩来这里之后，我确认没人过来才出来见你的！"

韩孟丹气得直咬牙，恨恨地说道："这个齐维，连自己人都不信，你的伤怎么样了？"

她关心地打量着刘天昊。

刘天昊活动了一下手脚："没事儿，小伤小痛而已。"

"你就逞强吧，我听说巡警和你发生枪战，你受伤了。"韩孟丹说道。

刘天昊摆了摆手："不碍事。"

刘天昊嘴上强硬，但腿上和肩膀上的伤的确很痛，幸运的是，警察打出的那颗子弹是跳弹击中了他，是擦伤，要是直接击中了小腿，怕是他此刻就得坐轮椅出行了，肩膀上的刀伤经过阿哲的治疗有了好转，活动起来虽说有些疼痛，却不至于受限太多。

"刘队，你就不怕我把你和孟丹姐卖了？抓到你至少立个三等功没问题。"单小慧在里面喊着，声音虽然不大，但在寂静的仓库大院却显得非常响亮。

随着刘天昊涉案数量增多，悬赏金由 10 万元变成了 30 万元，要是哪名警察能抓到他，肯定会立功受奖。

韩孟丹吓了一跳，小声冲着里面说道："姑奶奶，你小点声。"

"刘队不是说没有尾巴了吗？"单小慧从仓库里面站在木箱上，歪着头从窗户向外和刘天昊对视着。

"我相信你会相信我。"刘天昊自信地朝着单小慧一笑。

单小慧得到了满意的答复后笑着哼了一声，随后用手在墙上抠着。墙是砖墙外面抹的水泥，由于年头比较长，加上疏于维护，水泥面已经脱落得七七八八，大部分红砖露在外面，坑坑洼洼的，在靠近铁栅栏的位置有一个弹着点，若不是仔细看，怕是很难看出来。

"你怎么想起到这儿来了？"刘天昊问道。

"案发现场有疑点，自然要重新勘查，齐维不来就我来呗！"韩孟丹碰了碰刘天昊的胳膊，把手电筒递给刘天昊，又朝着窗户的方向努了努嘴。

刘天昊从韩孟丹手上接过手电筒，把刚才单小慧垫脚的东西重新摆放好，随后站了上去，他的个子比较高，可以轻松地从窗户看到仓库里面。

"我来吧。"他从口袋里掏出钥匙，用一把十字形的钥匙抠着，没几下，有些风化的红砖被抠碎，一颗子弹从砖墙里掉了下来，落在窗台上。

单小慧手疾眼快捡到子弹头儿，兴奋地说道："还真让我说对了，这就是那颗子弹，看来我也很具备神探天分，孟丹姐，是吧？"

"你就是猜中这一次而已，想当神探可不容易。"韩孟丹说道。

刘天昊接过子弹看了看，又向单小慧说道："小慧，你帮个忙，站在死者倒地的那个位置。"

单小慧点点头，从箱子上下来，站到朱占林倒地的位置上，冲刘天昊做了个"OK"的手势。

刘天昊比画了一下，随后又在窗户铁栅栏处摸索着，掏出手机照了几张相片，下来后把手机递给韩孟丹。

韩孟丹接过手机看了看，照片上显示窗台有一个新鲜的痕迹："这是什么造成的？"

刘天昊思索了一阵，指着窗户说道："很可能是射击朱占林那颗子弹的凶器，十字弓的可能性很大，凶手潜伏在附近，等朱占林和我进了仓库后，就站在这里……"

刘天昊又站了上去，摸索着那处新鲜痕迹，思绪又回到了朱占林出事的那天。

……

朱占林很狡猾，每次刘天昊即将抓到他时，他都会有办法逃开，当朱占林钻进仓库后，刘天昊笑了，这种仓库是存放货物的，只有一个进出口。

当狡猾的朱占林趁着刘天昊搜索时向外跑，刚跑两步却突然停住，说了一句："是你！"

随后刘天昊听到了窗口传来比较奇怪的声音，朱占林随着声音倒在地上，刘天昊下意识地朝着窗口方向开了一枪，随后他闻到了一股奇怪的味道……

"使用十字弓的人是谁？"韩孟丹问道。

刘天昊摇摇头："不知道，弄不清凶手的动机，所以无从查找。但可以确认几点，第一，凶手的身高应该和我相仿。第二，他一直跟踪我，射入朱占林身体内的子弹是我鸣枪示警的那颗子弹，他找到子弹后又追了过来，利用十字弓发射了弹头，射入朱占林体内，嫁祸到我身上。"

"你晕倒是怎么回事儿？"单小慧从仓库里走出来问道。

"可能是某种催眠气体，气体不但能麻醉人，还有让人有短暂失去记忆的后遗症。"刘天昊说道。

韩孟丹摇了摇头："可是勘查现场时我并未发现可疑物质，比如装气体的罐子等等，仓库内只有一些破木箱，不太可能存放催眠气体。"

"是干冰，先用干冰做成一个容器，然后在里面注入催眠气体，我进入仓库之后，幕后黑手把干冰伺机扔进仓库，干冰很快气化，催眠气体也挥发出来，但当时我追捕朱占林比较紧张，加上仓库内的光线不好，所以气体挥发时我并未察觉。"刘天昊说道。

"这有些太匪夷所思了吧？"单小慧摇了摇头表示无法理解。

"存在即合理，而且我还有证据。"刘天昊撸起衣服袖子，胳膊上有一块皮肤皱褶发红。

韩孟丹只看了一眼便说道："这是冻伤造成的疤痕。"

"没错，就是冻伤，案发时我脑袋有些发蒙，所以没感觉，等后来冷静下来后，才发觉这里有些疼。从这一点也可以断定，凶手应该有制造和保存干冰的条件，另外就是刚才说过的，十字弓的问题。"刘天昊说道。

"十字弓？"单小慧问道。

"十字弓发射的是弩箭，滑槽和弩箭一定是契合的，并不适合发射子弹头儿，所以要经过精密的改造，凶手还精通机床等设备，可以为十字弓进行改造。"刘天昊分析道。

"和干冰制造有关，有强大的动手能力，熟悉枪械、十字弓等武器，身高在一米八左右的男性。"韩孟丹重复道。

刘天昊点点头，正要再说话，突然他转身向黑暗中跑去："加慕容雪的微信。"

"哎……"

韩孟丹看着刘天昊消失的背影发愣："慕容雪？这件事和慕容雪有什么关系！"

第二十章　陈年旧案

红蓝警灯闪烁的光芒照亮了半个仓库，四名巡警从车上下来，跑到韩孟丹身边敬了一个礼，领头的警察问道："韩法医，您怎么半夜跑这儿来了，我们接到报警电话，说……那个……"

"来得好快！"韩孟丹心中一惊，同样都在仓库，刘天昊能提前察觉出警察的到来，而她和单小慧却茫然不知。

"我是来查案的，有问题吗？"韩孟丹的脸上几乎看不出任何表情的变化。

"查刘天昊的案子？"警察带着质疑地问道。

这种套路韩孟丹见多了，就是问一些容易回答的问题，让被询问者放松警惕，然后一点点把关键问题绕进去。

"对。"韩孟丹一句都不肯多说。

单小慧白了领头警察一眼："你们来了正好，省得我俩害怕。"

领头警察知道从韩孟丹嘴里问不到什么，便笑了笑，目光望向仓库。另外三名警察会意，小心翼翼地走进仓库，两分钟后又迅速地走出来，其中一人摇了摇头。

领头警察报了一个号码，说道："韩法医，我们还有其他任务，怕是陪不了你们，这儿比较偏僻，有啥事儿随时打我电话。"不等韩孟丹答话，四人转身上了车离开。

韩孟丹看着疾驰而去的警车叹了一口气。齐维派人盯梢的事儿她也知道，但盯梢的人从未在她面前出现过，刚才这四名警察径直冲了过来，显然是冲着刘天昊来的，报警的人很有可能就是幕后凶手，说明刘天昊一直在凶手的监视范围之内。

还有一个疑点始终在韩孟丹的脑海里盘旋着，案发现场的勘查做了好几次，齐维身为神探，勘查现场的功力自然不差，为什么连单小慧都能发现的线索，他却没发现，难道是故意视而不见吗？

韩孟丹带着疑问加了慕容雪的微信号，加进来之后对方立刻发来一个笑脸，是刘天昊经常发的笑脸图案，随后刘天昊把现场窗台上的几张照片传给了韩孟丹，并在后面注明：保存后删除聊天内容。

"凶手应该一直在跟踪你。"韩孟丹发给他一条信息。

"凶手反侦查能力很厉害，我始终没有发现他的踪迹，这件事我来搞定吧，姐妹花的尸检报告出来后给我一份。"刘天昊回了一条。

"原来是这样，按照刘天昊的微信号看，他一定也联系了慕容霜，让她帮忙查案。"韩孟丹看了一眼盯着子弹头儿看的单小慧，心里嘀咕着，同时也在犹豫要不要联系慕容霜，以便有些情报能够互通有无。

单小慧呵呵一笑，说道："孟丹姐，你可不像是法医，反而像……那个……"她学着刚才那名警察的腔调说着。

"少贫嘴，我嘱咐你一句，今晚的事儿和谁都不能说，任何人。"

单小慧一把挎住韩孟丹的胳膊，说道："放心吧孟丹姐，你还不知道我，打——死——也——不——说！"

"走，咱们回去找齐维算账。"韩孟丹说道。

……

韩孟丹刚刚把姐妹花的尸检结果发给刘天昊，微信还没来得及删除，齐维就闯了进来，一言不发地凑到韩孟丹身边，盯着她的手机，脸上带着质疑的表情。

"哎，你这人真没礼貌，没经过同意就盯着一个女孩子的手机看，和你的身份可有些不符啊，齐队。"单小慧说话直来直去很少客气，不但是和齐维，就连和刘天昊、韩忠义、钱局也是一样。

单小慧的父亲是省公安厅的副厅长，从小就生活在省公安厅的家属院里，叔叔伯伯、哥哥姐姐们从警的一大把，不是处级就是局级，她见习惯了也就不以为意。但她不愿意挂着父亲的名头做事，所以才选了远离父亲工作单位的 NY 市公安局，报到的时候也是一个人来的，到目前为止还没人知道她的背景。

令韩孟丹想不到的是，齐维对于韩孟丹和单小慧的发现和质问只是轻描淡写地应了一声，并未作出任何回应："孟丹，可不要在原则问题上犯糊涂啊，有时候瞎帮忙反而会害人！"

"结合朱占林的尸检结果，加上目前的证据，可以证明刘天昊是无罪的，你回避问题是什么意思？"韩孟丹语气中有了不快。

齐维并未一本正经地回答问题，只是笑着说道："孟丹，办案要看结果，过程是次要的，如果结果错了，过程再严谨也是错的，对不对？现在你可能听不懂我的话，以后你会明白的。"

韩孟丹白了他一眼，无奈地从一旁拿起一沓资料递给齐维。

领导嘴大咋说咋是，结果也好，过程也罢，哪个都重要。韩孟丹不是第一天从警，她心里再清楚不过了。

"死者查三妹和查四妹身上并未发现外伤，生前有过男女关系，但未检测到死者体内有体液的存在，但怪就怪在女性体内也未发现润滑油等痕迹。"韩孟丹说道。

"用的是成人工具？"齐维不假思索地问道。

"很有可能，死者体内挫伤面积很大，应该是使用了暴力进入造成的。"韩孟丹说道。

"如果凶手是男性，为什么不和姐妹花真的做男女之事，而采用工具呢？这样做意义在哪儿？为了栽赃刘天昊完全没必要多此一举呀！"齐维皱着眉头嘀咕着。

"肯定知道姐妹花有恶性传染病毒的事儿呗，谁敢啊？万一要是中标了怎么办？"单小慧说道。

齐维笑着点点头："说得有道理，按照这个结论，说明凶手对朱占林这条线上的人进行了一番了解，然后才制订的杀人计划，再吸引刘天昊上钩。"

单小慧歪着头看向齐维，说道："齐队，你不是不相信刘队是被冤枉的吗？"

齐维耸了耸肩："我从来没发表过任何意见，是凶手也好不是凶手也罢，凭的都是证据，现在我要去找证据了。"

他转身准备离开，听见单小慧腔音很重地说道："哎，案发之后你神神秘秘的，除了靠一些小道消息追捕刘队，案子一点进展也没有，'神探'的虚名可要坐实喽！"

她故意把神探两个字说得很重，意思却是相反的。

韩孟丹清了清嗓子，就算她对齐维有些意见，也不会说出这么重的话，单小慧却不在乎。

齐维只是回头一笑，冲着单小慧挤了挤眼睛，随后潇洒地离开法医鉴定中心。

"这人哎，脸皮还真厚，这么说他，他都不脸红。"单小慧不得不佩服齐维，按照正常人的思维，单小慧刚才那番话至少要吵起来，齐维却只是微微一笑。

"你呀，这张嘴早晚得得罪人！"韩孟丹说道。

单小慧哼了一声，拿出证物袋晃了晃，证物袋里面装的是从仓库窗台上抠下来的子弹头儿。

韩孟丹接过子弹头儿："去技术科，让小王加加班，能不能给刘队洗白，就看它的了！"

……

齐维很少喝咖啡，他始终认为咖啡是舶来物，属于西洋文化范畴，这次他也不例外，从曾经管理过的辖区找了一家规模很大的茶室。老板一看就是场面上的人，给齐维安排了一间很优雅的茶间，聊了几句之后便带着茶艺师离开了房间。

齐维亲自选茶、烧水、煮杯、泡茶，手法居然不逊于茶艺师。

坐在齐维对面的是刘明阳——刘天昊的叔叔，他的脸上没有半点焦急之意，反而很惬意地看着齐维泡茶的手法。

"师父，刘天昊出事儿了，我看您也不急。"齐维把一杯茶双手递给刘明阳，言语间收起了轻浮之意。

齐维刚毕业时分配到派出所实习，当时在刑警大队负责刑侦工作的副大队长就是刘明阳，刑警大队一名干警受了伤，临时从基层抽调一名警察来刑警大队代职，齐维就是被抽中的那个警察，他的破案技巧有独特的地方，但大部分是和刘明阳学习的，虽说两人不是真正的师徒，但齐维一直对刘明阳尊重有加，称他为师父。

刘明阳也没客气，接过茶杯放在鼻子下闻了闻，沉吟了一阵才说道："清者自清廉者自廉，小昊要是真的杀了人，接受法律制裁是应该的，我愁也没用。"

齐维摇了摇头："认识刘天昊的人都急着为他洗白，唯独咱俩清闲。"

"监狱的生活让我看透了很多事儿，该是咋就是咋，世界本就是客观的，不会随着人的主观意志而发生本质性的改变，正所谓看山不是山，看山又是山。"刘明阳品着茶水说道，要是不知道他的经历，怕是以为这是修行的高人。

齐维呵呵一笑："我看您应该和葛青袍老师聊一聊，你俩有很多共鸣。"

刘明阳自己拿起茶壶又倒了一杯茶水，摇了摇头："人家是修行者，真懂。我是被生活磨的，不得不懂。不一样，不一样。"

齐维没再接话，脸色一正，问道："师父，您还记得1999年的那件案子吗？"

"你刚毕业……"刘明阳歪着头思索着，过了一阵后才摇了摇头："破的案子太多了，记不住，你直接说吧。"

"1999年7月25日，在NY市郊区发生的一起奸杀案，死者是一名女性，22岁，身高……"

"身高163厘米，体重47公斤，农业大学的在校学生，放暑假回家帮家里种地，在村西头的公共厕所被奸杀，脖颈上有明显的勒痕，喉骨有明显的骨折痕迹，脸部和身体有大面积的瘀伤，但死者体内并未留下精液等证据……"刘明阳突然想了起来。

"根据档案室的档案记载，厕所只有一圈围墙，没有顶盖，所以推断凶手是从男厕所的墙翻进女厕所的，对被害者实施侵害，死者反抗后遭到凶手毒打，侵害完成后为避免死者报案便将其杀害，最后凶手弃尸逃走。"齐维说道。

"根据目击者称，是一名身高 180 厘米，体重 85 公斤左右的魁梧男性，三七分的头型，在女厕发现的脚印也证实了这点，经过排查后，锁定为村民陆某某，检测其鞋底，发现了和女厕地面便溺一样的成分的泥土，确定其为凶手，但陆某某始终不肯承认，只承认偷看女性上厕所，见到有人倒在地面上后翻墙进入厕所施救，发现死者死亡后慌张，又听到厕所外有女性进入，这才跳回男厕逃离。"刘明阳说道。

"就是这件案子。"齐维说道。

"和小昊的案子有什么关系？"刘明阳问道。

齐维并未答话，拿起烧水壶泡着茶。

刘明阳脸色一凝，把茶杯重重地放在桌上："原来是这样！"

第二十一章　备受打击的自信心

一件冤假错案带来的不仅仅是对被冤者的伤害，还有对受害者的伤害，民众对律法的质疑，以及真凶逍遥法外所带来的社会隐患，等等。

当齐维说完这件案子后，刘明阳突然意识到当年那件奸杀案很有可能是冤假错案，情节和刘天昊的极为相似，这就意味着可能是当年那件案子的被冤者家属或是朋友，假借现在的案子伸冤。

按照这个逻辑推算，凶手拿刘天昊当作被栽赃的对象就是为了让刘明阳看到和当年一模一样的案情，进而表明当年的陆某某是冤枉的，作案的时机恰恰选择在刘明阳出狱后不久。

而刘明阳正是当年的办案者。

当年的嫌疑人陆某某始终都不肯承认自己是凶手，但现场的勘查结果证明陆某某到过案发现场，厕所的围墙大约两米高，为了避免偷窥行为，还特意在墙头上埋了一些玻璃碴儿等物，在一块新鲜的碎玻璃上还发现了陆某某的血迹，这些证据足以证明是陆某某为了跳墙用石头砸平了玻璃碴儿，杀人后仓皇逃窜时，手臂被未清理干净的玻璃划伤。陆某某被抓捕后，经过法医的检测，陆某某的右手臂上果然有一处未痊愈的伤痕。

所有的证据都指向陆某某，年轻力壮、荷尔蒙浓烈的青春期、偷窥狂等标签全部钉在陆某某的身上，他在法庭上的辩驳是苍白的，没人相信一个在晚上偷着进女厕所的偷窥狂。庭审期间，受害者家属甚至一度冲到陆某某身边进行厮打，证据确凿加上民意所指，经过数次审判和上诉后，法院终审判决陆某某死刑、立刻执行、不得上诉，直到最后一刻，陆某某依然喊着冤枉，但呐喊声还是被枪响所终止。

刘明阳因为破案迅速而立功授奖，相关的办案人员都受到了表彰。陆某某的父亲不相信儿子会做出这种事儿，抱着儿子的骨灰盒在公安局和法院门口拉起了大横幅诉冤，要求还陆某某的清白，被派出所以扰乱办公秩序拘留了七天，之后就再也没了动静儿。

奸杀案中陆某某的脚印和墙头玻璃碴的血迹，朱占林一案中刘天昊手枪发射的子弹和鞋印、指纹，王嘉利一案中刘天昊遗留下的指纹、脚印和血迹，查三妹、查四妹一案中现场留下的指纹和鞋印，一切都是那么相似。

唯一不同的是，陆某某当年被捕入狱，只能凭着运气博命。而刘天昊选择了逃跑，主动为自己谋求生机。

"你怎么知道的这件案子？"刘明阳问道。

"您别忘了我在档案室工作了三年，闲着没事儿光看档案了，您和韩队破过的每个案子我都看过，认真研究过，破案套路、细节、审讯手法等等，我收获很大。"齐维说道。

刘明阳点点头，说道："陆某某除了父母之外还有其他家人吗？"

"正在查，陆某某是独生子，他的父母受到打击太大，老太太一直精神不好，后来跳河淹死了，不久后，他父亲大病一场，身体一直不好，五年前去世了，倒是有几个表亲，和陆家的关系一般，不太可能为陆某某的案子出头。听说陆某某好像有个未婚妻，在他出事之后就再也没出现过。"齐维说道。

刘明阳掩面待了好一阵，才长出一口气，说道："小昊的事儿就拜托你了。"

齐维一笑，说道："师父，您说的是哪里话！"

刘明阳愣了一下，随后一笑，给齐维倒了一杯茶水："如果真像你所说的那样，幕后真凶应该冲我来的，也许我应该做点什么。"

齐维掏出便笺纸，在上面写了一个电话号码："档案室主任的电话，您叫她小羽就行，她是接我的班儿，提我好使，但白天人多不太方便……"

刘明阳一口喝干茶水，拿起外套站起身向外走去："妥了！"

……

刘天昊再次感受到子弹的威力，虽说腿上的伤只是跳弹打伤，但缺少良好的医疗条件愈合却很难，阿哲的药只能起到不恶化的作用。

不过瘸着腿走路正好符合了流浪汉的身份，走了一阵后，他的腿渐渐有些僵硬，只好在步行街上的一张长凳上坐了下来。长凳上原本坐着一对年轻的小情侣，两人说着悄悄话，见一个流浪汉坐在身边，小女生白了他一眼，用手在鼻子前来回扇动了几下，然后拉着男生迅速地离开。

刘天昊没在意，从地上捡起一个没灭的烟头儿吸了一口，从口袋里掏出慕容雪的手机操作了一番。为了避免人怀疑，他把手机的外壳在地上摩擦做旧，屏幕也划得不像样子，要是不进入系统，根本看不出这是台型号很新的手机。

"慕容，嫌疑人的身高体重和我相仿，男性，年纪应该不会超过50岁，身体素质较好，反侦查能力很强，很有可能有过当兵经历，思维逻辑比较严谨，现在从事的行业可能和干冰有关，另外他精通机械设计和加工，可能有一间小型的车间或者家里有车床，如果是后者，他的家应该在郊区。"刘天昊小声地发了一条微信。

"蒋小琴的家族企业就有一间干冰制造厂，在郊区，规模挺大，能有400多工人，干冰制造需要很多机械，其中有一部分人是机器维修人员。"慕容霜回了一条信息。

慕容霜曾经是蒋小琴的司机兼秘书，对她所属的公司非常熟悉，蒋小琴刁蛮不讲理，但工作起来却异常严谨，远比刘大龙强很多，这也是蒋氏家族选择蒋小琴负责整个家族企业的原因。

干冰在工业制造、食品运输、清洗等领域都有着不可替代的作用，市场需求很大，蒋小琴家族的产业链涉及面很广，对干冰的需求很大，除了满足自己使用外，还可以外销创造一部分收益。

刘天昊听到又和蒋小琴有关的消息，心里咯噔一下。

蒋小琴如同梦魇兽一般，时不时地会出现在他的世界里，但凡出现，一定伴随着噩梦！

"帮我查查呗！"

"这还用说，交给我吧，我和干冰厂的副总关系比较好。"慕容霜回了一条。

"谢谢。"

"你这人。哎，我听说你和警察发生枪战了，没事儿吧？"慕容霜关心地问着。

"没事儿，受了点小伤，不影响战斗力。我现在有点疑惑，幕后黑手是怎么知道我的行踪的？"刘天昊又发送了一条。

"办法很多，跟踪一个人并不是难事儿，但对于跟踪你这样有反侦查能力、第六感敏锐的人却不容易，除非……"慕容霜话说了一半儿。

"我查过了，身上没有任何追踪器、窃听器，手机也是你后来给我的，不可能被人安装跟踪器。"刘天昊说道。

"那就奇怪了。"

"你不要跟得我太近，观察一下我周围，有没有比较可疑的人。如果凭我一个人的能力无法揪出幕后黑手，加上你就成为可能了。"刘天昊发了一条语音，见有两名巡警走了过来，便立刻起身朝着另外的方向走去，手指一曲一弹，烟头儿飞起一个抛物线落在街道上。

这是他故意而为，目的就是为了更像一名流浪汉。抽烟还有另外一个目的，用烟头儿上的烟油不断地摩擦牙齿，让牙齿上长出黄纹，身上也会被烟味所覆盖，以免有警犬搜捕。

这段时间他几乎都是在逃，偶尔能抽出时间沿着线索查案，但万万没想到的是，幕后真凶随即而至，掐断了一条又一条线索，同时栽赃到他身上，把他一步步地逼向绝路，只要他一个不慎，就会落入警方的包围圈中。尤其在齐维请来国安局的跟踪高手苗小叶之后，他的处境更加危险。

好在他有慕容霜、王佳佳、韩孟丹等人的帮助，算是摸到了一些线索，但能不能把幕后黑手揪出来还是个未知数。

他开始有些怀念从前的生活，再苦再累他也是猎人，想法子从现场寻找线索和破绽，把凶手抓到，压力肯定有，失误了可以重新调整方案。现在则不同，他作为杀人案的嫌疑人，是绝不能失误的，一旦失误就会被抓，就不可能再有出头之日。

两种压力是截然不同的，也只有刘天昊这样经历过的人才会了解。

"收到，我跟了你一整天了，还没发现可疑的人，要么这人有其他方法了解你的行踪，要么是绝顶高手。"慕容霜听到刘天昊对她的认可非常高兴。

刘天昊向四周看了看，周围的人群中并没有异常，商铺和高楼大厦中也未发现有人在监视。

他苦笑一声，心中暗道惭愧。他的反侦查能力自认为已经很强了，却找不到慕容霜的影子，这足以说明只要达到慕容霜这种等级，就可以在他不知情的情况下跟踪他。他自打警校毕业后就从来没服过任何人，甚至包括他师父韩忠义，但自打"冤魂"一案中纪福山和他交手后，他发现自己在搏击方面还不如一名患有绝症的人。

在这件案子里，一向不显山不露水的阿哲出乎意料地找到了他，还帮他逃脱了苗小叶的跟踪，逻辑思维能力也不比他逊色。苗小叶作为追踪高手更是厉害，居然能始终盯着他的方向追下来。现在又是慕容霜，跟踪他将近一天的时间，他居然丝毫没有察觉出来！

至于齐维就更不用提了，就算刘天昊算计得再精确，还是被齐维一步步地赶着疲于奔命。

"那就先别跟我了，你休息一下。"刘天昊无力地发了一条语音。

慕容霜再能耐也是名女孩子，跟踪刘天昊一天的时间，晚上还要回医院陪着姐姐慕容雪。

"我先去查干冰工厂吧，你自己小心些。"慕容霜发来一条语音。

刘天昊突然站定脚步，思索了一阵后给慕容霜发了一条语音："能帮我联系一下蒋小琴吗？"

"当然可以，不过她可不是善茬子，弄不好咱们会阴沟翻船的。"慕容霜立刻回了一句。

"没事，你传个话就好。"

第二十二章　黄雀在后

当慕容霜在街上看到刘明阳的第一眼时，她一眼就认出眼前的老人和刘天昊有血缘关系，加上她对刘天昊的了解，推断出这人应该是刘明阳。

老人已经跟了她两条街，却始终未上前搭话，等到了街道最繁华的地方反而走了上来。

慕容霜突然转身盯着跟上来的刘明阳，他不到 50 岁的年纪，因为蹲监狱的缘故，显得比同龄人老了很多。

"你好，我是刘天昊的叔叔刘明阳。"刘明阳对慕容霜的镇静并未感到意外。

"我知道，你选的这个地方不错。"慕容霜站在墙边看着过往的人们说道。

如果有人跟踪刘明阳，在庞大的人流里很难站住不动，刘明阳反侦查能力又很强，想接近两人偷听谈话的内容更是难上加难。

"呃……"

"别问我是怎么找到你的，也别问我是怎么知道你和小昊有联系的，我现在有一些消息需要立刻转达给小昊。"刘明阳说道。

慕容霜无奈一笑，还是问道："您是怎么知道我和刘队有联系的？"问完这句话后，她就知道自己的问题有问题，人家只是一句话，就把她的老底套了出来！

果然，刘明阳耸了耸肩。

慕容霜叹了一口气，比擒拿格斗、野外侦察、生存、枪械，她绝不会服输，但从心智和询问技巧上，在刘明阳这样的老江湖面前还是嫩了点。

"好吧，您说吧！"慕容霜随意地看了看四周，实际上是在看有没有人跟踪刘明阳。

"放心，警察对我肯定是有防备的，只会远远地看着咱们，绝不会听到咱们讲话的内容。"刘明阳用手向四周比画了一下。

街道上人头攒动，熙攘声不绝于耳，就算两人相距很近，也要很大声说话才能听清楚。

"边走边说吧。"慕容霜上前一步挎上了刘明阳的胳膊。

刘明阳对慕容霜的行为显然有些惊慌失措，手臂不但生硬，还抖动了一下，想反抗又犹豫不决。

"叔叔，街的尽头有一家很好吃的麻辣烫，我请客。"慕容霜笑着说道。她的语言和行为完全没有任何破绽，更像是向刘明阳撒娇的女儿。

刘明阳只好点点头，和慕容霜向前边走边说。

他把齐维找他的经过一字不落地陈述出来，同时还陈述了自己对这件案子的观点——幕后凶手冲的是刘明阳，刘天昊只是个替死鬼，目的可能是为了报复，也有可能是想通过刘天昊的案子让警方重新调查当年陆某某的奸杀案。

两人边说边来到麻辣烫的摊位，她点了几个串，和刘明阳坐在摊位的一张桌子旁，边吃边把刘天昊现在的情况讲述出来。

刘明阳毕竟是刘天昊的叔叔，说不担心是假的，但他的脸上却不愿意表露出任何负面情绪。现在的刘天昊处于逆境中，正是磨炼意志和锻炼能力的好机会，如果连这件案子都破不了，以后的发展就无从谈起。

"小昊前些天陪我时，和我说了你姐姐慕容雪的事，还有王佳佳、韩孟丹、虞乘风的，齐维不必说，他是我带的徒弟。韩孟丹和虞乘风都是警察，他们和小昊的关系密切，案发后小昊不可能找他们，王佳佳和小昊是同学关系，两人又有着紧密的合作，这三人肯定是齐维重点盯着的对象，当然还有我，你一直在私人医院陪着姐姐，又有着特种兵的经历，人也热心，不在警方的关注范围之内，所以是最好的联络人。"刘明阳说道。

"齐维是您带的徒弟，既然您能想到，他也会想到的。"慕容霜吹着气吃了一串鱼丸，吃相比较粗犷。

刘明阳呵呵一笑："所以我才打匿名电话举报你们在医院外小树林的那次约会，要不你以为齐维他们为什么会到得那么快。"

慕容霜差点没把刚吃到嘴的鱼丸喷在老爷子的脸上，她瞪大了眼睛，脸上完全是不解之色："是您举报的，就是为了让我成为刘天昊的联络人？"

"这就是灯下黑，我了解齐维，那一次后，他不会再盯你。"刘明阳胸有成竹地说道。

"果然姜还是老的辣！"慕容霜心里暗赞着，表面上却不动声色。

"不过齐维的速度出乎了我的意料，情报系统的强大也超乎想象，几乎有几次都差点抓住小昊的尾巴，尤其在那个追踪女高手出现之后。"刘明阳说道。

从刘明阳的话中可以判断出，他也一直在跟踪刘天昊，而且神不知鬼不觉，不但刘天昊和慕容霜没有察觉，连请来的国安局高手苗小叶怕是也未能察觉到，这是典型的螳螂捕蝉黄雀在后！

"您这样光明正大地找到我，就不怕齐维怀疑？"慕容霜问道。

刘明阳一笑，拿起一串鹌鹑蛋吃了下去："小昊出事后，按说我应该行动起来，但我却什么行为都没有，他的人跟了我几天之后就放弃了这条线，只是在我家附近设了一个观察点，在我家对面楼的12楼。我一个刚从监狱出来的老头儿还有什么能力，更何况齐维还亲自找到我，试探我的反应。"

刘明阳拿出一张便笺纸，上面写着一个电话号码，是刑警大队档案室主任小羽的电话："如果我打了这个电话，齐维立刻就会黏上我，通过我来查当年的案子，无论我能否为当年的案子翻案，我都输了。"

说到这里，他惨笑了一声，无奈地摇摇头，手上一用力，把那串鹌鹑蛋的竹签子捏断。

慕容霜听得出来，刘明阳的话里有话，但他却不肯继续说下去，显然是有难言之隐。慕容霜突然对眼前的老人产生了一种完全不一样的感觉，看似风轻云淡，实际一切尽在掌握之中！

"我还能做些什么？"慕容霜问道。

"把消息传给小昊，剩下的事儿让年轻人去做吧，我这把老骨头，还是退隐二线的好。"刘明阳站起身捶了捶腰，不等慕容霜答话便随着人群离去。

……

手机是现代人必不可少的工具，坐车看手机，走路看手机，上厕所时看手机，吃饭时看手机，开车时看手机，关注点都在手机上，没人会在意一个穿着破烂的流浪汉。

刘天昊已经在松江路别墅区转了几圈了，大约熟悉了保安巡逻的时间和安全防卫后，趁着夜幕跳进了别墅区，沿着墙来到蒋小琴别墅附近。

手机在他的口袋里震动了一下，他掏出一看，脸上露出笑意。

第一条是王佳佳发来的，蒋小琴和朱占林之间的金钱交易仅仅是蒋小琴对儿子的思念心结，并未涉及刘天昊的案子。

第二条信息是慕容霜发来的，关于陆某某奸杀案的事儿。内容说得很详细，把刘明阳和齐维两人的对话内容全部呈现了出来，甚至连语气表情都附上了，如果不是提前知道，还以为是一部小说。

看完内容后，刘天昊的直觉告诉他，他目前的处境和当年这件奸杀案有很多相似之处，很有可能是有人报复性栽赃，是为了告知刘明阳当年的案子是冤案，陆某某是冤枉的，还有就是蒋小琴和这件案子很可能有关系。

他很清楚蒋小琴的性格，蛮横不讲理，加上有钱有势，几乎没人能拿得住她。就像动物棋一样，大象已经是顶级的存在了，老虎、狮子见了都要躲，但刘天昊不同，他现在是老鼠，过街老鼠！

当刘天昊神不知鬼不觉地出现在蒋小琴面前时，她几乎吓了一跳，若不是架在脖子上的那把匕首，估计叫喊声能把别墅的窗户震碎。

蒋小琴的卧室很大，房间和原来的布置没有太大的出入，区别就是在房间靠窗户的角落里多了一个龛笼，供奉着三清。

蒋小琴别墅的防卫出乎了刘天昊的意料，四名人高马大的保镖并不容易搞定，更何况刘天昊的肩膀和腿上还有伤，现在他的脸上多了几处淤青，鼻孔不停地滴着鲜血，嘴唇裂了一个大口子，手指关节上血肉模糊，显然是和保镖搏斗造成的，此刻他能出现在蒋小琴面前，也说明那四名保镖被他放倒了。

"这把匕首是王嘉利的，那个放高利贷的大哥大。"刘天昊用自己的声音说道。

蒋小琴听到刘天昊的声音后表情逐渐变得惊恐起来，刘天昊的声音她是熟悉的，他的事儿也传遍了整个 NY 市，蒋小琴每天都在关注新闻，巴不得刘天昊哪天被警方抓到或者被当场击毙。

如果是虞乘风和齐维等警察找到蒋小琴，她完全可以置之不理，但刘天昊是亡命徒，手上已有了四条人命，也不在乎多蒋小琴一条。

"你要多少钱，说个数，我还可以把你送出 NY 市。"蒋小琴慌张过后又恢复了冷静。

蒋小琴经历过太多的大风大浪，知道越是在这种时候就越需要冷静。

刘天昊索性把假发摘下来，露出小平头，抹了抹鼻子上的鲜血："为了摆平你的四个保镖，我受了点伤，医药费还是需要一些的。不过我来不是为了这件事儿，而是另外一件案子，1999 年 7 月 25 日，在 NY 市郊区发生的一起奸杀案，死者是一名女性，22 岁，NY 农业大学的在校学生，那个时候，你也在农业大学读书，我找人查过，你和受害者是同学，而当时的刘大龙也在大学里谋生，他是做工程的包工头儿。"

蒋小琴听到刘天昊的话后，眼神闪烁了一下……

第二十三章　齐维的无奈

周末的 NY 市街头很热闹，人行道上人来人往，平常不敢出来的小商小贩也趁着城管大哥们休息出来摆摊。有卖吃喝的小摊位，也有兜售古玩手串的，算命的、卖旧书的，人们兴致勃勃地逛着，不时地停下脚步讨价还价。

记者每天所要做的就是采访工作，这是素材来源。老蛤蟆扛着摄像机站在一脸焦急的王佳佳身后，不时地向旁边街头兜售遥控无人机的人看去。

售卖无人机的小贩兴致勃勃地向围成一圈的小孩子们讲解着，嘴里不时地蹦出一两个听起来还算专业的术语。

这种级别的无人机在老蛤蟆眼里只能算是玩具级，他有心想上去指点一下，下意识地挪动了一下脚步，但看到王佳佳盯着不远处的咖啡馆后，还是忍住了。

王佳佳今天约的是一名叫轩胖儿的作家，原本是要做个专访，但轩胖儿之前写的一部悬疑推理电影《狄仁杰之焚天异火》马上要开机，临时有一个剧本研讨会要开，地点就改到了红房子咖啡。王佳佳为了采访轩胖儿推了很多约，索性赶来咖啡馆外等着，无论如何也要把专访做完。

王佳佳身体素质较好，站一会儿不觉得累，老蛤蟆常年不锻炼，还总熬夜，身体比较虚，几分钟后就感到额头冒了汗，腿上直打战，嘴里嘀咕着："这个叫什么胖儿的可真是，害得我等了这么久！"

话音未落，就见王佳佳向红房子咖啡走了过去，边走边喊着老蛤蟆。

老蛤蟆立刻跟上，看到一群人从红房子走了出来，轩胖儿送走了众人后立刻向王佳佳招手："对不起，王记者，临时开了个会，让你们久等了，到包厢里坐吧。"

王佳佳歪着头一笑："不如咱们就在街头做专访如何？我感觉特接地气！"

轩胖儿愣了一下，随后一笑："也好，省时间。"

王佳佳向老蛤蟆示意，老蛤蟆打开摄像机。

"继著名作家崩皮的小说《第五个意外》后，轩胖儿老师的《暗夜》备受关注，最近很多粉丝反映这本书断更了一段时间，您是弃文了还是另有打算？如果弃文，要不要和粉丝们解释一下。"

轩胖儿憨憨一笑，清了清嗓子："这个问题比较尖锐啊，其实没那么复杂，就是最近有两部电影要开机，剧本需要调整，所以耽误了一段时间，过段时间可能还要跟组，所以断更了。在此，我向书迷们诚恳道歉，同时郑重声明，绝不弃文，也从来没有弃文的习惯。我受党教育多年，思想政治觉悟是绝没问题的，做事一板一眼，今后我一定要……"

　　轩胖儿说的能力绝不比写差，针对王佳佳的一个问题噼里啪啦地讲了半个多小时，而且越说越兴奋，最后被有些急躁的王佳佳强行打断，她故意地看了一下手表："轩胖儿老师……"

　　轩胖儿立刻会意："啊……王记者，我就不展开讲了，不过，希望今后……"

　　正当轩胖儿讲得来劲儿时，慕容霜从街头急匆匆地走了过来，离着老远就冲着王佳佳招手。王佳佳一直举着麦克风，胳膊酸得很，借机会把话筒塞到轩胖儿手里："老师，我去给您点杯咖啡。"

　　轩胖儿正讲到兴头上，毫不在意地接过话筒，嘴上却没停，继续说着。老蛤蟆也想放下摄像机，看轩胖儿正讲得来劲儿，只好作罢，摆正机位继续摄像。

　　王佳佳和慕容霜一前一后进入红房子，点了三杯咖啡后，找了一处安静的角落坐下来。

　　王佳佳率先问道："看你一脸着急，昊子那边有消息了？"

　　慕容霜向四周看了看，低声把刘明阳的事儿说给了王佳佳。

　　王佳佳听后非常震惊。刘明阳坐牢好多年，但牢狱生活却没把他的能力消磨殆尽，反而让他的思路更加清晰，居然对刘天昊的事儿了如指掌，和齐维这几次斗法简直堪称教科书级别！

"按照刘叔叔的说法，昊子现在的这件案子和当年的厕所奸杀案非常相似，而蒋小琴和奸杀案的死者关系很近，加上那时候的刘大龙正在追求蒋小琴……"慕容霜说道。

王佳佳做惊讶状，缓了好一阵才喘一口气："想不到这件案子居然又和蒋小琴、刘大龙相关联，真是阴魂不散啊！"

"昊子现在应该去找蒋小琴了，如果所料不错，齐维也很快会找到蒋小琴，咱们得给昊子争取点时间。"慕容霜说道。

王佳佳把咖啡杯里的勺子拿出来，端起杯子咕噜咕噜喝了两口："齐维这人可不好对付，一个不慎，咱俩就可能被他绕进去，你好不容易脱离他的盯梢，要是再次被他盯上，昊子那边……"

慕容霜嘿嘿一笑，说道："咱俩肯定不行，但他行……"

"谁？"

慕容霜坏笑着看向在咖啡店外还在噼里啪啦讲述的作家轩胖儿："他经常找局里的警察采访，和齐维他们都脸熟，大伙儿没人愿意得罪作家。否则，随便写那么几笔……你知道的……就和你一样，记者和作家都是得罪不起的！"

王佳佳白了慕容霜一眼："你这人，啥都懂。不过这个主意虽然有些馊，但还行，估计他缠上齐维，没几个小时，齐维脱不了身。"

"齐维在哪儿？"

慕容霜拿出手机看了看："刑警大队。"

王佳佳凑过去想看看慕容霜的手机，慕容霜却及时把手机收了起来。

慕容霜虽说通过刘明阳知道王佳佳也是刘天昊的眼线，却不敢完全信任，手机上有些内容她不想让王佳佳看到。

王佳佳是老江湖了，自然不会尴尬，拿起给轩胖儿点的咖啡和慕容霜相视一笑，两人起身向外走去。

老蛤蟆的兴趣点在计算机和科技上，对于人性、世界观、人生观等空泛的观点不感兴趣，轩胖儿所说的再有道理，也是对牛弹琴，老蛤蟆已经困得睁不开眼睛，身体不住地摇晃着，数次险些把肩上的摄像机扔了。

说个不停的轩胖儿时不时地突然声调放大一些，把有些困倦的老蛤蟆吓一跳，又重新打起精神，扛稳摄像机继续拍摄。

王佳佳和慕容霜一前一后走了出来，慕容霜看了一眼轩胖儿，大步流星地离去，王佳佳则是走到轩胖儿身侧，把咖啡杯递给他："老师，口渴了吧。"

轩胖儿接过咖啡杯，舔了舔有些干裂的嘴唇："谢谢。"随后又转向镜头："那今天我就不展开讲了，其实吧……"

正当老蛤蟆要崩溃时，摄像机的红灯突然闪了起来，他立刻放下摄像机，满脸抱歉地说道："那个……老师，没电了，真没电了！"

轩胖儿看了一眼老蛤蟆，显然他还有些意犹未尽，脸上表情略带着可惜："啊……那就到这儿吧，我就不展开讲了。"

王佳佳捂着嘴呵呵一笑："轩胖儿老师，有机会我一定让您展开讲一次。不过，现在我约了市刑警大队的齐维齐队长。"

轩胖儿眼睛一亮："正好我最近素材匮乏，也要找他去要几个案子，齐队曾经在刑警大队档案室干过几年，他记性又好，每个案子都能记住！"

王佳佳看向老蛤蟆，又征求般地看向轩胖儿："要不，咱们一起？"

"中！"轩胖儿这次只说了一个字，干净利落！

……

齐维和阿哲正在办公室讨论案情，对搜集来的证据和线索进行梳理。

"哎呀呀，齐队，好久不见了！"轩胖儿的声音从走廊外传来。

齐维不禁皱了皱眉头，暗自叹了一口气，给阿哲使了个眼色，低声说道："蒋小琴那儿你去吧，估计今天上午我算是废了。"

阿哲微微点头，收拾了资料向外走去，正好碰见王佳佳、轩胖儿、老蛤蟆三人走进来，打了招呼后，径直向楼外走出去。

轩胖儿和齐维算是老交情了，为了能写出真实的故事，他经常和齐维喝茶聊天，很多资料都是从齐维这儿得到的，两人还成了好朋友。轩胖儿没有灵感了，就来找齐维喝茶，齐维总能找出一两个现实的案例，他也希望通过轩胖儿的笔来告诫世人不要作恶，告诉世人勿以善小而不为、勿以恶小而为之的道理，轩胖儿恰好能与他同频，这是其他的作家所不具备的，所以只要轩胖儿找上门来，他从来不会拒绝。

不过也就是齐维这种性格，换做刘天昊，绝不会和轩胖儿多说一个字。

"最近比较忙，很久没来找你了！"轩胖儿说道。

"忙点好，忙点好！"齐维无奈地一笑。

王佳佳瞟了一眼轩胖儿，一咧嘴："齐队，我们是组团来采访你的，我对你之前破获的那起'诅咒'的案子非常感兴趣。"

轩胖儿立刻拿出本子和笔，一本正经地盯着齐维。

齐维深吸了一口气，憋了好一阵才吐出来，看着轩胖儿说道："好吧，一上午，就一上午，但前提是你别展开讲！"

轩胖儿看了一眼齐维，又看了看老蛤蟆和王佳佳，吧唧吧唧嘴："行，我不展开讲。"

领教了轩胖儿"我不展开讲"能力的王佳佳和老蛤蟆在一旁偷着捂嘴笑着！

......

每个人都有秘密。

蒋小琴原本只信奉道教，葛青袍是她的入道老师。道教讲究的是长生，没有轮回，自打她的儿子蒋天一死了之后，她为了儿子有来生来世，就开始研究佛学，让她想不到的是，葛青袍不但是道家的大师，对佛教教义也非常精通，属于佛道两通的人物。

学佛之后，她的境界又提升了一些，大多数时间能够掩盖本性的暴躁，心境亦比之前高了很多。

当刘天昊摘下头套的那一刻，她突然静了下来。刘天昊和她之间并无深仇大恨，就算他是逃犯，也没理由冒着很大的危险来杀她，再加上刘天昊说出了当年陆某某奸杀案的事儿，她立刻知晓了他的来意。

按照蒋小琴原本的性格，陈年往事打死她也不会说，尤其还涉及已经去世的丈夫刘大龙的声誉的事儿。但她知道刘天昊来者不善，要是得不到想要的，肯定会对她不利。

"你说的那件事儿发生在我上大学时，大龙那时候还很年轻，有干劲儿，人也很干净。"蒋小琴坐在沙发上叹了一口气，开始娓娓道来！

第二十四章　蒋小琴的秘密

20 世纪 90 年代初还没有兴起互联网业，信息未形成共享模式，有心人利用行业优势以及信息不对等因素快速成长起来，成为所谓的暴发户。

当年的刘大龙正是其中之一，他原本是普通木工，技术好，肯吃苦，每月的收入不菲。他看到建筑公司的老板和开发商每天开着大奔出入工地，吃着高级饭店、出入高档的夜总会、搂着漂亮女人、穿着名牌衣服，他的眼神中充满了羡慕。

很快，野心极大的他带着一群木工承包了一个工程，赚了一些钱，从此走上三级承包商的路。没有背景和大资金的支撑，他再努力，也注定无法成为开发商。幸运的是，当他承包大学的一项工程时，遇到了正在读工程管理学的蒋小琴。

成功人士都是有心人，当年的蒋小琴年轻漂亮，NY 市顶级家族——蒋氏家族的千金大小姐，家族的长女，有才华、有狠劲儿，绝不逊于男性，学工程管理学就是为了继承蒋氏家族的产业。

刘大龙的工程队在蒋氏家族集团下谋生，在一次集团聚会上，他知道了蒋小琴的身份，但他知道，凭借他的身份地位，绝不可能娶到蒋小琴。

蒋小琴有个很要好的同学，叫郭丽娟，相貌一般，来自贫苦的NY农村，经过数年的努力学习考上了大学，属于学霸。蒋小琴学习比较差，很多门功课需要依仗郭丽娟的帮忙才能考过去。

刘大龙走的是曲线救国路线，既然不能直接和蒋小琴谈恋爱，那就从她的身边人下手。郭丽娟是寒门出身，在郭眼里，蒋小琴和刘大龙才是在同一个阶层，至少她是这么认为的。

但刘大龙的甜言蜜语和时不时的礼物，令郭丽娟很快与他坠入爱河。

郭丽娟坚信刘大龙对她的感情，所以对刘大龙从不设防，透露过很多关于蒋小琴的事儿，包括她的生活习惯等。碍于当时大学生不得谈恋爱的规定，郭丽娟和刘大龙的事儿一直小心翼翼，从不敢外露，这也是刘大龙想要的结果。

两人的约会都会带上各自的朋友，刘大龙带的是他表弟，一个憨厚的年轻后生，而郭丽娟则是拉上她的闺蜜——蒋小琴。

刘大龙极尽所能地展示男人魅力，又不亢不卑地讨好着蒋小琴。

功夫不负有心人，蒋小琴终于注意到了这个相貌堂堂、手脚勤快、有眼力价的年轻人，得知刘大龙的工程队是为蒋氏家族集团服务的企业后，心高气傲的蒋小琴便对刘大龙指手画脚，大事小情都找刘大龙。

面对蒋氏家族的千金大小姐、集团的未来接班人，刘大龙是有求必应，以至于到了后来，蒋小琴一旦有事需要解决，第一时间就会想到刘大龙。

刘大龙要的就是这种效果。

进入恋爱状态的女人不是智商低，而是全身心投入了男人的甜言蜜语中，相信他能给她一个美好的未来，百分百地信任男人，郭丽娟便是活生生的例子。

旁人早就看清刘大龙心仪的对象不是她，而是蒋小琴，她却看不出来，还以闺蜜蒋小琴和刘大龙处得来为荣，以为朋友就应该这样。

蒋小琴早就看破了刘大龙的把戏，她却并不揭穿，能将男人玩弄于股掌之间正是她的乐趣所在，刘大龙只是她的男伴儿之一。

就这样，一个目的性极强，一个看破不说破，另外一个完全蒙在鼓里当灯泡。大学的生活丰富多彩，时间过得飞快，刘大龙在大学扎根下来，利用了一些非常规的手段成为学校御用工程队。

蒋小琴也不是白白利用刘大龙，她为刘大龙揽了一些不大不小的工程，但对于刘大龙的小工程队来说就算是巨大的工程。

刘大龙注册了建筑公司，接了蒋氏家族的几个大活儿，恰好那几年正赶上 NY 市地产大开发，刘大龙实实在在地赚了几桶金，但这些钱满足不了他的胃口，他的目标依然是蒋小琴，成为蒋家的乘龙快婿是他走向成功最便捷的一条路，也是唯一一条路。

此时的蒋小琴即将毕业出国深造，一旦离开大学，刘大龙知道自己不会再有机会。

很多关于蒋小琴和刘大龙的风言风语传得有模有样，郭丽娟心再大，也看出刘大龙的心不在她这儿，但她投入的可是真感情。

人逼得急了，就会下意识地做一些身不由己的事情，郭丽娟也不例外。

当她看到刘大龙和蒋小琴在餐厅吃烛光晚餐时，她终于爆发了，失去理智地冲进餐厅砸烂了餐具，还把一杯红酒泼在刘大龙的脸上，她哭着骂刘大龙，而蒋小琴的无情在此时体现得淋漓尽致，她不但没解释，反而告诉郭丽娟，她永远都不可能进入上流社会这个圈子，就算能够如期毕业，也不过是一个打工仔，配不上刘大龙。

蒋小琴说这话已经承认了刘大龙和她在同一个阶层，把郭丽娟当成了下等人！

郭丽娟骨子里的倔强被激发起来，原本畏惧蒋小琴的她居然破天荒地站直了身，面对蒋小琴冷漠的眼光毫不退缩。而此时，电视剧常用的狗血桥段居然真的发生了，蒋小琴为了压制郭丽娟，让她问刘大龙到底选谁。

郭丽娟本来也想问，但看到刘大龙躲躲闪闪的眼神时，她犹豫了。

蒋小琴压根没把郭丽娟放在眼里，冷笑了一声，径直走到刘大龙身边，挽着他的胳膊走出了餐厅。刘大龙的表情很复杂，更多的是意外，他追求多年的女神，却因为郭丽娟这样一搅一闹而梦想成真。

如果不是郭丽娟，刘大龙不可能近蒋小琴的身，如果不是郭丽娟，凭借蒋小琴的势力和身家，绝不会和一个民工出身的包工头儿走到一起。

郭丽娟头脑中一片空白，愣了好一阵，直到餐厅的人来找她索赔，这才缓过神来，她失魂落魄地把口袋里的钱全部给了餐厅经理，随后回到出租屋。这是蒋小琴为了上学方便租的一个两居室，她邀请郭丽娟来陪读，给出的条件是供吃供住供学费。对于郭丽娟来说，就算没有这些条件，作为闺蜜，她也会来陪蒋小琴。

她陪了蒋小琴四年时间，原本她们可以成为很好的朋友，却因为刘大龙，导致她没了朋友，也没了爱人。

在旁观者眼里，牺牲者只有郭丽娟！

蒋小琴的行李已经搬空，偌大的客厅空荡荡的。郭丽娟已经冷静下来，立刻给刘大龙打电话，随即又给蒋小琴打电话，却发现两人都已关机。

更不幸的是，因为和刘大龙谈恋爱，郭丽娟忘了本，下意识里把自己当作刘太太，憧憬着以后的富裕生活，所以在和刘大龙谈恋爱后就没好好学习，面对大学老师的教导和父母的告诫，她视而不见，依然坚信刘大龙和她的爱情。

眼看着面临毕业，她却有数门功课不及格。

郭丽娟把全部的感情和未来押在刘大龙身上，却被他无情抛弃。在思考了两天两夜后，她做了一个决定，去找刘大龙。

刘大龙电话可以关机，人可以避而不见，但他的公司跑不了，他的产业跑不了！

正所谓清官难断家务事，男女感情的问题本就非常复杂，绝不是简单的逻辑就能解决的。面对来讨要说法的郭丽娟，不但刘大龙公司的人没办法，连接警而来的警察也束手无策。

刘大龙并不在乎这些，只要他能和蒋小琴结婚，之前的公司他可以不要，可以重新开始，在蒋氏家族庞大势力的支持下，成功只是时间问题，所以他的策略就是躲着郭丽娟。

郭丽娟一记老拳打在棉花上，自然不甘罢休，从刘大龙这儿得不到结果，她就找到了蒋氏家族。

此时的蒋氏家族正面临着一次人员的重大调整，蒋小琴的父亲由于心脏病无法继续胜任，临时把蒋小琴从英国叫回来，商议接任董事长一职的事儿，与蒋小琴竞争的有三个人，都是蒋氏家族的男性骨干，如果蒋小琴无法说服家族成员，会失去领导家族的地位。

郭丽娟的出现彻底打乱了蒋小琴竞争董事长的步伐，这是刘大龙绝不愿意看到的。

第二十五章　黑手

俗话说得好，心慈不带兵，蒋氏家族集团能做得这么大，更多的是得益于数代家族领导者的决策，蒋小琴的父亲做事雷厉风行在家族里是出了名的，而蒋小琴的杀伐果断能力皆是源自父亲。

虽说因为郭丽娟的缘故，蒋小琴和刘大龙的关系近了一步，实则刘大龙在蒋小琴眼里依然什么都不是，如果不是竞争蒋氏家族集团董事长位置，在英国留学的蒋小琴无论如何不会再理会刘大龙。

对于郭丽娟，蒋小琴并不想亲自处理。两人同吃同住四年时间，一点感情没有绝对是假的，所以她找来刘大龙处理这件事。

刘大龙虽说对蒋小琴有私心，但蒋小琴所在的社会层面不是他可以染指的，不甘心之余剩下的也只是无奈，想不到的是，蒋小琴居然在学业途中回了国，还找到他来处理郭丽娟的事儿。

刘大龙是个有心人，立刻答应了蒋小琴，同时通过关系打听到蒋小琴竞争董事长的事情，而且还是关键时刻，如果竞争失败，蒋氏家族集团的掌控权就要交到另外几个蒋家分支手上，这是蒋小琴父女和支持者们决不允许的。

对于钻营者来说，危机即代表着机会。

郭丽娟事件是刘大龙唯一可以拿下蒋小琴的机会。刘大龙果断地向蒋小琴提出了条件，他来搞定郭丽娟的事儿，事后，在蒋小琴就任董事长之前，宣布两人订婚的消息。

性格倔强的蒋小琴差点气得背过气去，立刻打电话叫家族里的表哥等人来收拾刘大龙。刘大龙却摆出一副痞子的模样，并威胁蒋小琴，说目前这件事还比较隐晦，一旦闹开，对所有人都不利。

蒋小琴从小就要强，加上家里有钱有势，从来没受过任何威胁，更没人敢和她讲条件，但面对刘大龙痞子般的打法，她却显得有些束手无策，尤其是她父亲给她下了死命令，务必要把董事长的位置接下来，否则，他的遗产不会留给她一分钱！

刘大龙没文化，却胸怀大志，趁着蒋小琴生气的工夫，把他对未来的规划声情并茂地讲述出来，不知道是蒋小琴真的冷静下来，还是被刘大龙的气魄所慑，她居然答应了刘大龙。

原本还打算死缠烂打的刘大龙这一记铁拳打在了棉花上，缓过神来之后，他带着满意的答复转身离去，绝没有半分继续纠缠的意思。

此后，郭丽娟果然再也没找上门要说法，刘大龙也消失了好长一段时间。在此期间，蒋小琴在父亲的帮助下，如愿地当上了蒋氏家族集团的董事长，全盘接手集团所有事务，并展现出新领军人物的风范，大刀阔斧地进行了集团化改革，让集团变得更加强大。

当刘大龙再次出现时，他已经没有了曾经的热情和轻浮，眼神中带着时隐时现的杀气和果断。蒋小琴知道，如果她不兑现当初的诺言，刘大龙和她肯定是不死不休的局面。

蒋小琴和刘大龙的订婚消息出乎了所有人的意料，一个大家族的长女，手中掌握着亿万资产，居然嫁给了一个名不见经传的十八流包工头儿。

成为蒋小琴未婚夫的刘大龙摇身一变，从个人能力素质到气质都发生了翻天覆地的变化，以至于蒋小琴有些怀疑，这个刘大龙究竟是不是那个靠着甜言蜜语讨好她的刘大龙。

······

"我所知道的就这些，反正他已经去世了，这些事说出来也不会有任何影响。"蒋小琴一副风轻云淡的模样，仿佛刘天昊杀人嫌疑犯的身份对她无法产生任何威胁。

提及刘大龙，蒋小琴完全没了恨意，相反，她的脸上还多了一分思念，毕竟两人是多年的结发夫妻。

刘天昊思索了一阵，问道："那郭丽娟呢？"

蒋小琴笑着摇了摇头，意思很明显，郭丽娟再也没出现在她的生活中，而且两人生活层面不一样，一旦闹掰了之后绝不可能再有任何交集。

"1999 年 7 月 25 日，在 NY 市郊区发生的一起奸杀案，死者是一名女性，22 岁，身高 163 厘米，体重 47 公斤，NY 农业大学的在校学生，放暑假回家帮家里种地，在村西头的公共厕所被奸杀，脖颈上有明显的勒痕，喉骨有明显的骨折痕迹，脸部和身体有大面积的瘀伤，但死者体内并未留下精液等证据……"刘天昊说到这里顿了顿，看向蒋小琴。

蒋小琴一脸平静地看着刘天昊，并没有太大的反应，仿佛她听的只是一个与自己毫不相关的故事而已。

"根据目击者称，凶手是一名身高 180 厘米、体重 85 公斤左右的魁梧男性，三七分的头型，在女厕发现的脚印也证实了这点，经过警方的排查后，锁定为村民陆某某，检测其鞋底，发现了和女厕地面便溺一样成分的泥土，陆某某承认在案发时间段去过女厕，警方根据线索确定其为凶手，但陆某某始终不肯承认，只承认偷看女性上厕所，见到有人倒在地面上后翻墙进入厕所施救，却发现其死亡，又听到厕所外有人进入，这才跳回男厕逃离。"刘天昊又说道。

蒋小琴听到这里后，脸色微微变了变，旋即又恢复正常。

"后来法院判决陆某某死刑，立即执行。"刘天昊说道。

蒋小琴耸了耸肩，避开刘天昊的注视，看向窗外："别告诉我受害者是郭丽娟。"

"就是郭丽娟！"刘天昊的声音虽小，却让平静的蒋小琴身体一震。

蒋小琴做事一向要的是结果，至于手段一向是忽略不计，当年她要的就是郭丽娟不再出现，用什么方法那是刘大龙的事儿。刚才刘天昊讲述厕所奸杀案时，蒋小琴就有种预感，受害者是 NY 农业大学的学生，身材体貌和郭丽娟完全符合，目击者所描述的凶手和刘大龙极为相似，案发时间和她竞争董事长的时间也相吻合。

郭丽娟看起来很柔和，实则内心坚定，一旦她认准的事儿，一定会做到底，刘大龙能让她彻底熄火，要么她如愿和刘大龙和好，要么彻底消失，而刘大龙时隔不久回来和蒋小琴订了婚，这就意味着……

蒋小琴想到这儿，问道："你的意思是厕所奸杀案的真凶不是陆某某，而是刘大龙？"

蒋小琴对郭丽娟的事儿的确不知情，她接任董事长后大刀阔斧地进行改革，遇到的阻力和承受的压力非常大，光是集团的事务就令她分身乏术，怎么可能关心在 NY 农村发生的一起命案！

刘天昊点点头："这件案子疑点很多。其一，厕所是公开场所，随时会有人进入，如果凶手要强奸受害者一定会非常匆忙，来不及做任何防护措施，却为何没留下精液？"

蒋小琴端起茶几上的茶杯，慢慢向嘴的方向送去，放在嘴边却没喝，最后又放下。

"其二，厕所距离村里有一定的距离，是给下地干活儿的农民准备的，是旱厕，条件自不必说，尤其在炎热的夏天，臭气熏天，在那种条件下，有几个男人会产生欲望？"刘天昊又说道。

蒋小琴破天荒地点了点头。

"其三，根据陆某某在案卷里的供述，他是徒手把受害者郭丽娟掐死，但从受害者的照片来看，死者是被绳子勒死的。徒手掐死受害者属于激情犯罪，而用绳子勒死受害者属于预谋犯罪，两者完全不同！"刘天昊说道。

早年的司法系统还不完善，加上很多人为因素的干扰，导致低级错误时有发生。

"最后就是你所讲述的内容，郭丽娟性格倔强不肯罢手，刘大龙不容许你的竞争出现任何问题，同时又要以此要挟你订婚，这是不可调和的矛盾，想要彻底解决，只有杀了郭丽娟！"刘天昊说道。

"你来找我之前就已经知道我和刘大龙之间的事儿了？"蒋小琴眼中闪出一丝煞气。

"算知道，也算不知道，世界上没有不透风的墙，更何况你和刘大龙都是 NY 市知名人士，难免会有一些八卦新闻。"刘天昊说道。

"无论如何，事情都过去了，大龙也去世了，说这些还有什么用。"蒋小琴叹了一口气。

"有用。"刘天昊的手指重重地敲在茶几上："刘大龙是一条命，郭丽娟是一条命，陆某某也是一条命，生命应当受到同等尊重，这是其一。其二，目前我身上缠着的案子，和厕所奸杀案发生了关联，真凶必须找到，还死者真相，还世人……"

他刚说到这里，耳朵动了动，眼睛立刻警惕地向别墅窗外看去，随后拿出枪对准蒋小琴。

蒋小琴立刻缩了缩身子，说道："我没报警。"

刘天昊依然盯着蒋小琴。

"你可以从后门走，通过我家后院之后就是别墅区西门，西门很矮，你可以跳出去……我绝不会和警察说你一个字！"蒋小琴指着客厅中的一个方向说道。

面对有数条人命在身的杀人嫌疑犯，蒋小琴再老练也无法保持镇静。

刘天昊冷哼一声，转身朝着蒋小琴说的方向跑去。

第二十六章　暗处的一双眼睛

当齐维、虞乘风、阿哲等人冲进蒋小琴别墅客厅时，只看到蒋小琴愣愣地坐在茶几旁，茶几上放着一个茶壶和数个茶杯。

作家轩胖儿和王佳佳、老蛤蟆等人随即进入客厅。

"他刚刚从后门走的，你们快去追。"蒋小琴见齐维等人穿着警察制服，这才宁下神来，指着刘天昊逃走的方向喊着："他还用枪指着我，你们这些警察都是干什么吃的，让一个逃犯跑了这么多天都抓不住，你们拿了我们纳税人的钱，却屁事儿不做。"

在蒋小琴的眼里，没有永远的朋友，只有永远的利益，审时度势是她最基本的技能之一。当刘天昊威胁到她的生命时，她可以退缩，甚至帮助刘天昊逃走，一旦她的安全得到保障，也会立刻翻脸！

齐维瞪了蒋小琴一眼，眼神中露出鲜有的煞气，让准备接着再骂人的蒋小琴把话咽了下去。齐维用鼻子微微哼了一声，冲阿哲和虞乘风使了个眼色。

两人立刻拿着枪追了出去。

"他手枪里没子弹，伤不了你，现在，该轮到咱们谈谈了。"齐维的语气冷得像一块冰，让蒋小琴不由自主地打了个哆嗦。

"谈什么？"蒋小琴小声地问道。

"刘大龙、你，还有郭丽娟厕所奸杀案的案子。"齐维拿起茶壶，打开盖子看了看，里面的茶水还是温的，又拿起远离蒋小琴位置的一个茶杯，里面的茶水也是温的。

老蛤蟆立刻把摄像机扛了起来，轩胖儿也拿出随身的笔记本。

蒋小琴看了看王佳佳三人，说道："齐队，有些事我可以单独和你说，但这三人得先出去，我家不是任何人说来就来的。"

她说这句话时，突然爆发出惊人的气势，语气不容置疑。

齐维看了一眼轩胖儿，眼神中有些责怪之意，意思是要不是总缠着他，怕是刘天昊现在已经落网了。

轩胖儿抱歉般地一笑，和王佳佳对视一眼，撑了一下老蛤蟆胳膊，三人相继离开。

齐维关上客厅的门，回到茶几旁，端起刘天昊喝过的那杯水看了看，笑着说道："哎呀，都说蒋大姐富而不俗，这一套茶具足以表明您的意境了。"

这套茶具是出自清朝的皇家贡品，价值不菲，一般都是用作收藏的，却很少见人真当作茶具来用。

齐维不愧是老江湖，不称呼蒋小琴为蒋总，而是像和街坊邻居聊天一样称她为大姐，这句话一说出来，让两人之间的尴尬气氛缓和了不少，他也没客气，仿佛回了自己家一般，一屁股坐在沙发上。

蒋小琴放松了不少，恢复了之前气定神闲的状态，不慌不忙地又拿出一个茶杯，慢慢地倒上茶水，送到齐维面前。齐维笑了笑，拿起杯子喝了一口。

"好茶！"

"齐队若有兴趣，可以经常来我这儿喝茶！"蒋小琴见多识广，再经过齐维的几句话，早已把和刘天昊之间的不快忘到脑后。

虞乘风和阿哲从客厅正门走了进来，向齐维微微摇了摇头，见齐维并没有留二人的意思，便转身出了门。

蒋小琴喝了一口茶水，长叹一口气，眼神中又流露出一抹惆怅。经过给刘天昊的讲述后，蒋小琴的陈述变得很简练，几乎在很短的时间内就把当年刘大龙、郭丽娟和她的事情讲明白。

齐维听得暗地里直摇头。刘大龙、蒋小琴代表着当今社会的一类人，做事只求目的、不择手段，把人性自私的一面展现得淋漓尽致，更可气的是，在蒋小琴的意识里完全没有对不起郭丽娟的意思，她依然认为自己所做的一切都是对的。

齐维当年在档案室工作过很长时间，厕所奸杀案的细节他记得很牢，结合蒋小琴的陈述，立刻梳理出案件的线索，得到刘大龙才是真凶的结果，但他的结论比刘天昊多了一种可能，陆某某未必就是冤枉的，还有刘大龙指使陆某某杀人的可能。

至于陆某某被抓直到判决、枪毙依然不承认自己是杀人凶手，更未供出刘大龙是幕后主使的原因，是因为巨大的利益。

齐维对陆某某的家庭情况进行过一些了解，他的家庭条件极差，父亲常年生病，需要大量的金钱维持生命，母亲靠着种地和给别人家帮忙收粮食为生，整个家庭一年的收入在1000元左右。为了给父亲治病，向亲戚们借了很多钱，早已负债累累。陆某某先天性智力不足，小学三年级没念完就回家务农了，因为智商偏低，连老师也没进行家访和挽留。

他人很倔强，认死理，但对人很和善，乐于帮人。

刘大龙很可能抓住了陆某某的软肋，用钱和感情收买了他，让他甘心情愿地为刘大龙做任何事情。但随着陆某某被正法、刘大龙死亡、陆家的父母相继去世，当年的案子无从查起。

蒋小琴能提供的线索仅限于此，齐维和大佬级别的人物打过很多交道，他们的发迹史各有不同，有一点却完全一致，就是很少关注和事业不相关的事情，关注太多就会想得太多、做得太少，最终导致畏首畏尾、走向失败。

齐维知道无法在蒋小琴处获取更多的线索后，索性起身告辞。

"放心吧，蒋大姐，这件事儿我会保密的。"齐维临走时给蒋小琴吃了一颗定心丸。

蒋小琴表情波澜不惊："我既然肯说出来，就没想过害怕这两个字。"

齐维点点头，看了看地面上的血迹，那是刘天昊和蒋小琴四名保镖搏斗时留下的，摇着头说道："换一批保镖吧，这帮人不咋地！"

四名保镖很要强，都说刘天昊的拳头很轻，没造成任何实质性伤害，当时是因为被偷袭才被打晕。

看着鼻青脸肿的四人，虞乘风和阿哲强忍着笑给他们做了笔录。

"齐队，有时候我觉得你比刘天昊强，他太不通人情世故了，不如，你来保护我的安全如何？价钱你出！"蒋小琴一本正经地说道。

齐维哈哈一笑，这样的话从蒋小琴的嘴里说出来，让人感觉怪怪的，但她说的的确是事实，在为人处世上，齐维要比刘天昊柔和一些，不过在说这话时，蒋小琴眼中闪过一丝不易察觉的异样光芒，齐维看了之后不禁心里打了一个寒战，急忙找个理由告辞离开。

安排虞乘风和阿哲继续追捕刘天昊后，齐维则是驱车前往厕所奸杀案的发生地，郭丽娟的老家郭水村。

……

王佳佳三人站在别墅区的一处小凉亭，轩胖儿憨憨一笑："大记者，我就不陪你了，回去还要写小说和剧本，最近任务比较重。"

"那我送您吧。"王佳佳看向轩胖儿，她看到的是一双颇具智慧的眼睛，见轩胖儿嘴角若有若无的笑容，她也笑了。

"小丫头，别忘了我是悬疑推理作家，你利用我缠着齐维的事儿就不追究了，不过你得还我一个人情。"轩胖儿说道。

老蛤蟆在一旁听得云里雾里，一脸蒙地看着两人。

王佳佳也不辩解，努着嘴点头："行，咋还？"

"以后刘队那儿有什么案子，你得第一时间告诉我，给我当素材。"轩胖儿说道，见王佳佳未立刻答应，便又解释道："我写的是小说和剧本，还会做一些相应的改编，和你的新闻绝不冲突。"

王佳佳看了一眼轩胖儿，两手一摊："好吧，你也得答应我一个条件。"

"说。"

"在你的小说里，不能把我写得太差！"

"哈哈，成交！"

"还有我，老蛤蟆这个名字太难听了，到现在我都找不到女朋友！"

……

健身是现代人比较喜欢的一项运动，很多年轻人在健身房可以练出一身非常漂亮的肌肉，加上比较现代派的衣着，给人的感觉非常有安全感。但健身就是健身，和真刀真枪的搏杀有很大区别。

四名看起来异常健壮的小伙子鼻青脸肿地站在蒋小琴面前，他们低着头，淤肿的脸部肌肉时不时地抽搐一下。刘天昊身体比较健硕，比眼前的四人却小上一圈，但四人在刘天昊的攻击下却显得不堪一击，几乎在一分钟之内就解决了战斗，四人连叫喊的机会都没有就被放倒了！

蒋小琴坐在沙发上，一言不发地盯着四人，看样子是强忍着一口气没发作。

"蒋总……那人就是趁我们不备，要是面对面较量，我能把他……"

"把他个屁！看看你们几个窝囊废，长得五大三粗的，被人打成这个样子，还好意思张嘴说话，我养四条狗也比你们四个强吧！"蒋小琴依然是蒋小琴，无论信佛还是信道都停留在表面，内心依然是那个蛮横霸道的蒋小琴。

"还说趁你们不备，我请你们来是为了保护我，保护我！就是要防止突发事件，难道有人来害我时，还要一个个地面对面和你们摆姿势比肌肉吗？"蒋小琴把一个茶杯摔在四人的脚下，破碎的紫砂溅在他们的鞋上和裤子上，但四人一动都不敢动。

蒋小琴家的紫砂杯都是真紫砂杯，很多都是文物级别的，动辄价值几十万，这一摔，几十万就没了。

四人把头压得更低了，脸几乎垂到了胸口。

"明天到公司结账，然后滚蛋！"蒋小琴气得脸色铁青。

四人面面相觑，却不敢挪动脚步。

"蒋总，您别生气，我们错了，您……"

"滚，现在就给我滚出去！"蒋小琴几乎怒吼着，又拿起刘天昊和齐维喝过的杯子朝着四人扔了过去。

随着两声杯子破碎的声音，四人狼狈地逃离别墅客厅。

蒋小琴不解气，走到别墅院子里，拿着紫砂壶朝着保镖的车扔了过去："永远不要让我在 NY 看到你们！"

保镖们顾不得其他，开车一溜烟离开了别墅。

一阵风吹来，偌大的别墅只剩下蒋小琴孤零零一人，她长叹一声，向四周看了看，整个人气势一泄，拖着脚步又进入别墅。

一双眼睛却在暗处盯着别墅院子里发生的一切，眼神中闪烁着骇人的精光……

第二十七章　恶斗

夜幕的降临让别墅区更加安静，橘黄色的小路灯让整个小区充满了温馨，别墅的灯光纷纷亮了起来，在远处看好像一只只落在树干上的萤火虫一般。

一个神秘的身影从围墙根儿的暗处窜了出来，幽灵般地奔向蒋小琴的别墅，几个起落便来到院子，在灯光的照射下，看到他的脸上带着一个凶神恶煞的鬼面具，他看了一眼灯火通明的别墅，眼中散发出精光，飞快地窜到大门口，掏出万能钥匙打开别墅大门，闪身进去后又把门关上。

房间中伸手不见五指，随着房门轻轻地打开，神秘人钻进房间，从怀中掏出匕首，慢慢地摸向房间中央那张大床，他的脚步很轻，几乎听不出一点声音，走到床附近后，他手起刀落，干净利落地刺进被子里。

神秘人显然是训练有素，刺出的这一刀手法很专业，但这一刀的力道却完全落空，像是刺在了棉花上，他立刻发现被子里有异常。一击不成立刻撤退，他像猫一样蹿向门口。门开了，门外的灯光很晃眼，一个身影挡在门口。

刘天昊站在门口，伸手打开灯，他的身材比来者稍小一号，气势上却超出对方很多，像一座大山般堵在门口不可撼动。

"没想到吧！"刘天昊嘿嘿一笑。

神秘人几乎下意识地用胳膊护住脸，想了想后才放下胳膊，长吐出一口气后反而冷静下来。他的脸上戴着面具，不用担心有人会认出他，只要他能逃离，依然还可以隐藏在黑暗中。

"只有你一个人，还受了伤，能把我怎样？"神秘人眼睛很小，呈斜长状，像一只狐狸一般，但精光四射，显得拥有无穷无尽的精力，他的嗓音比较雄厚，在蒋小琴宽敞的卧室里回音很重。

在来蒋小琴别墅之前，他把周边的环境勘察了一遍，确认过四名保镖彻底离开，这才现身刺杀蒋小琴，却万万没想到刘天昊突然出现。

刘天昊活动了一下手腕："你就这么自信能打过我？"

"你怎么知道我要来蒋小琴这儿？"神秘人完全不理会刘天昊的问题。

"单凭你的能力是无法查到蒋小琴的，如果能查到，你早就动手了，你模仿当年奸杀案的情景作案嫁祸给我，企图借我的力量查奸杀案的真凶，你知道我会沿着线索追查相关人，你只需要跟着我杀了每个被查的人就可以了，蒋小琴正是当年奸杀案的相关人之一。"刘天昊说道。

"他本不该死，却死了，那些该死的人却活着！"神秘人眼神中露出恨意。

"朱占林和姐妹花与当年的案子并不相关，本不该死！"刘天昊反问道。

神秘人鬼脸面具下传出一声冷哼："他们当然该死，姐妹花的病就是朱占林故意传染的，姐妹花明明知道自己得了传染病，还继续和其他男人相好，这难道不该死吗？"

"所以你就用他们作为目标，栽赃我，逼着我查案？"刘天昊问道。

神秘人嘿嘿一笑："都说刘天昊是神探，我看也不怎么样。"

"如果我当时在仓库没逃跑，而是选择被捕入狱，你会怎么办？"刘天昊问道。

神秘人暗自冷哼一声，并未回答刘天昊的问题，眼睛则是不断地扫向周围。

"所以，你的目标本不是我，而是我叔叔刘明阳，你心中的仇恨埋藏了很多年，等的就是我叔叔出狱的那一刻。他除了我，没有任何牵挂，所以你才选了我，又选了姐妹花和朱占林诱我入局。你想让我叔叔知道，当年的陆某某是冤枉的，和我一样。只要我被冤入狱，我叔叔就会全力以赴查案，但此时，所有的线索都对我不利，只有你本人才能解决我的危机，你以此要挟我叔叔，说出当年查案的细节，最后再杀了所有相关的人。"刘天昊说道。

"这还有点神探的样子，你说得差不多了，但没用，除非我说出实情，否则你没有任何机会。"神秘人说道。

"但你没想到的是，我打伤了警察逃跑，成为一个活子儿，我叔叔并未为了我追查当年的奸杀案，所以你改变了计划，在现场故意留下一些破绽，让我意识到这件案子的背后一定有一个背景案件，只要我稍加用心，就可以查出这件事和我叔叔有关，和当年的奸杀案有关。"刘天昊说道。

神秘人哈哈一笑："你所说的大约是那么回事儿，我有计划，但我没你想的那么多，也没那么复杂。我知道，想翻案很难，但仇恨一直跟了我这么多年，也不能坐视不理，你知道一个人内心充满仇恨的痛苦吗？你没痛苦过，所以永远不会懂。当我知道你开始查当年那件奸杀案时，我的任务就简单多了，你查到谁我就杀了谁，这样就可以保证万无一失。"

"国有国法家有家规……另外，他不希望你变成现在这个样子！"刘天昊把"他"字说得很重。

神秘人知道刘天昊所说的"他"是谁，一愣后又说道："你说啥都没用，铁证如山，就像当年的陆某某一样，你这辈子无法洗清冤屈，我感谢你帮我找到蒋小琴这个恶女人，今天她逃过一劫，但终究逃不出我的手！"

"请你相信我，我一定会把当年那件奸杀案查个水落石出，但在此期间，你别再作恶了，自首吧！"刘天昊劝道。

神秘人摇摇头："从我杀朱占林的那天起，就没打算再活着。"

"虽然现在我还不知道你的身份，但你已经暴露了。"刘天昊嘴角露出一丝笑意，指了指蒋小琴房间墙角一处，墙角有一个小型的无线摄像头。

"没想到堂堂的神探刘天昊会用这种手段，不过还是没什么用，你拦不住我！"话音未落，他便冲向刘天昊，反持匕首向刘天昊的脖子挥去，这一招干净利落、又狠又快，直奔要害。

刘天昊下意识地躲闪，没想到的是，神秘人动作非常快，手腕一转，刀锋便改了方向再次向刘天昊的脖子划去。

刘天昊受了伤，动作慢了很多，来不及躲闪，只得冒险向前冲去，用胳膊挡对方的胳膊，同时抬起膝盖顶向对方的腹部。

令他意想不到的是，神秘人的变化更快，两人胳膊接触的那一刻，几乎同时抬起膝盖顶向刘天昊的腹部。

两人几乎同时闷哼一声，各自退了两步。神秘人几乎没有停顿，转身朝着窗户跑去，同时向刘天昊甩出匕首，匕首又快又准，直奔刘天昊的心脏部位，要是被插中会立刻毙命！

刘天昊急忙使出驴打滚躲避，勉强躲开匕首，匕首"咚"的一声钉在墙的木围裙上，入木三寸。他再抬起头时，神秘人已经从窗户逃了出去，他叹了一口气，拔下匕首仔细看了看。

匕首是把81式军刺，刀身上有四道血槽，刀口非常锋利，还做了磷化处理以防止刀身反光引起敌人的注意。由于99式军刺和伞兵刀的应用，81式军刺逐渐退出历史舞台，但81式军刺依然是军备迷们的收藏热品，民间有很多铁匠仿造81式军刺。

无论从做工还是刀身品质，这把军刺都是正宗的军品，不是仿制品。

在交手的过程中，神秘人的动作干净利落、刚猛凶狠，每招都直指要害。刘天昊曾经和慕容霜切磋过一次，她用的就是这种招式，是特种兵搏杀的招式，招招要命，加上正品 81 式军刺，说明神秘人可能有过特种兵的经历。

刘天昊正思索着，外面传来窸窸窣窣的脚步声，但这次他并未像往常一样仓皇逃窜，而是拿起匕首，慢慢地走到床边，掀开被子看里面的枕头上的刺痕，用匕首对比了一阵。

按照枕头所在的位置，这一刀刺中的正是心脏部位。

当阿哲和虞乘风举着手枪进入房间后，两人看向刘天昊，又互视一眼，几乎在同一时间放下手枪，两人下意识地把手伸向腰间的手铐，最终又同时慢慢放下手。

"刘队！"阿哲小声地叫着刘天昊。

刘天昊呵呵一笑，指了指摄像头："它可以证明我不是凶手。"

他走到两人面前，把匕首递给阿哲，随后脸色微微变了变，身体一软，倒了下去。

第二十八章　翻案 1

一秒钟和一年对于昏迷者来说都是一瞬间的事儿。

当刘天昊醒来时，他第一眼看到的是雪白的房顶，随后两张熟悉的脸出现在他的视线里。但他的思维并未回转到他的大脑中，脸上尽显茫然。

虞乘风和韩孟丹见他醒了过来，脸上现出惊喜。虞乘风转身向外面跑去，边跑边喊着："刘叔，昊子醒了，医生……医生……"

刘天昊眼神逐渐活跃了起来，慢慢地抬起双手，发现手上没戴手铐，这才松了一口气，挣扎着准备起身："孟丹……"

韩孟丹用手轻轻地按在他的肩膀上安慰着："快躺好。"

"我这是怎么了？"刘天昊还是有点蒙，在韩孟丹的帮助下半倚在床头上，长喘了几口气，眼神中依然是迷茫之色。

韩孟丹白了他一眼，说道："肩上一处刀伤、腿上一处枪伤，身上多处软组织挫伤，虽然你用了抗生素，效果却不好，伤口感染加上长期营养不良，这段时间又疲于奔命，身体已经极度虚弱，幸好你晕倒了，要是再挺下去，说不定就要躺在我的解剖床上了。"

刘天昊正好在韩孟丹说"解剖"两个字时打了一个哈欠，漏听了两个字，变成了"说不定就要躺在我的……床上了。"听得他一愣："躺在你的床上？"

"哎你这人，躺着吧，我先出去了。"韩孟丹脸上一红，看了推门而入的医生和刘明阳一眼，起身向外走去，刚到走廊，虞乘风走了过来，憨笑一声："孟丹，那个他……"

"什么这个那个的，他已经过了危险期，按照他的体质，一个星期就能出院，走吧，咱们先去查案。"韩孟丹走了两步，回头看了看一脸担心的虞乘风，又说道："这儿有医生和刘叔在，咱俩在这儿就是白白浪费时间。昊子虽然让神秘人露了马脚，也有了监控录像，却不知道神秘人的身份和作案动机，光是两人的对话还不足以说明全部案情，送到法庭上，怕是立不住。"

警方拿到了刘天昊和神秘人对话以及搏杀的视频录像，但神秘人的身份依然成谜，韩忠义和钱局可以相信刘天昊，韩孟丹和虞乘风可以相信刘天昊，但要想获得清白，还是得把案子破了才行。

……

由于刘天昊的身份特殊，原本的两人间病房变成了单间，但并未对其进行禁锢。

赶过来的医生和护士对刘天昊的身体进行了一系列检查，确定没问题之后，嘱咐了几句，便离开了病房。

房间再次安静下来，刘明阳缓缓地坐在床头的一把椅子上，慈祥地看向脸色苍白的刘天昊。

"叔！"

"小昊，让你受委屈了。"刘明阳叹了一口气，随后又缓缓说道："当年那件奸杀案是我办的，无论是否是冤案，都该算在我头上，没想到却连累了你！"

刘天昊咧嘴一笑："目前我基本摆脱了嫌疑，也查到了凶手的线索。如果当年的奸杀案真是冤案，至少能还受冤者一个清白。"

刘明阳缓缓地点了点头，他曾经年轻气盛、意气风发，随着年纪的增长，有些事已是力不从心。刘天昊所涉及的案子一发生，他就预感到可能和当年他侦办的奸杀案有关，但他没有了当年神探的那股劲儿，能在暗中保护刘天昊，帮他找一些线索已是他的极限了。

无论他服不服老，属于他的时代过去了！

"叔，你手机借我用一下。"刘天昊说道。在他昏迷后，他的手机作为证据已经被警方收了起来。

刘明阳从思绪中缓过神来，"哦"了一声后掏出手机递了过去，手机还是刘天昊在他出狱后买给他的，当年他入狱时还没有智能手机，光是手机的使用，就足足浪费了他一个星期，才弄明白微博、微信、短视频拍摄等功能。

现在刘天昊要和几个人立刻联系，首先是慕容霜和王佳佳，要让她们知道他现在的状况，以免担心。然后是齐维，这件案子已经到了关键时刻，凶手随时可能再次出手杀人，现在需要把所有线索都集中起来，尽快把凶手揪出来。刘天昊现在属于被监视状态，身体状况也不容乐观，他把所有的希望都寄托在齐维身上。

慕容霜很快给刘天昊回复：马上到市医院探望。

慕容霜性格直爽单纯，做事雷厉风行。在她眼里，看望刘天昊只是单纯的朋友之间的探望，刘天昊考虑的却很多，毕竟在他"畏罪潜逃"期间，慕容霜不止一次帮助他，如果他的杀人罪名成立，慕容霜所要面临的就是包庇罪。

王佳佳更是直接，一个电话打了过来："你是昊子还是刘叔？"

刘天昊苦笑一声："我是'耗子'，大猫！"

电话那头松了一口气，刘天昊能接电话，还能用这种语气说话，就说明他现在没事儿："我还在调查当年的奸杀案，这案子当年传得很邪乎，很多村民说得都不靠谱，但也不是没收获，我又约了一个老人家，据说他知道一些内幕，不知道是真是假，我现在正赶往他家，回头再和你说吧，你……你没事儿就好。"

"那个……"

"嗯？大侦探怎么了，要发什么感慨吗？"王佳佳俏皮地问道。

刘天昊脸色一正："谢谢你。"

电话里传来一阵咯咯的笑声，随后她又调侃了刘天昊几句，这才挂了电话。

刘明阳意味深长地笑了笑。他这辈就哥儿俩，哥哥早年去世，而他因为某种原因一直没成家，刘天昊是老刘家唯一的后代。他原本是警察，知道这个职业充满危险，因此希望刘天昊早点结婚生子，好给老刘家留下香火。

刘天昊看了叔叔一眼，无奈地摇了摇头，加了齐维好友给他留了言，把自己的全部经历和推理讲述出来，齐维并未与之讨论，只回复了一个笑脸。

刘明阳见刘天昊留言后，问道："你完全可以直接给齐维打电话，为什么要留言呢？"

刘天昊放下手机："我要是和他直接对话，他一定会有很多问题问我，很容易把我的思路打断，留言的好处就是，我可以一口气把我想要说的说完。"

刘明阳略有所悟地应了一声，又说道："刚才你分析得都很有道理，可现在最大的问题是，时隔这么多年，翻案的难度会更大！"

"也许齐维和我可以创造一个奇迹。"刘天昊说道。

刘明阳闭上眼睛一声长叹，这声长叹中充满了很多委屈和无奈，这是以前他从不曾有过的。

刘明阳自打从警之后，从未遇到过挫折，顺风顺水地成了神探，他沉浸在成功的喜悦中，随着"NY五号案件"的发生，他失去了一切，甚至是自由，但他却什么也不肯说，并非他不想抗争，只是背负了太多。

"叔，我懂你，但看破不等于放弃，我从未放弃，我相信你也不会放弃。"刘天昊说道。

对于奥妙无穷的宇宙而言，人的命运过于渺小，是富是贵、是福是祸都不会影响宇宙的运转，道是大道，但对于个体的人来说，做好当下才是最重要的！

听了刘天昊的话，刘明阳脸上先是惭愧，随后眼神变得清澈起来，嘴角又露出自信的微笑。他看到刘天昊说话的样子，仿佛看到了当年的自己，自信、不屈、敢于拼搏、永不服输。

"你说得对，看来这次我真的要重新出山喽。"刘明阳说道。

"您一直就在山外，何谈出山。"刘天昊又说道。

刘明阳聪明至极，一听便懂，笑着点了点头。

"您得先帮我个忙，奸杀案的事儿，我和齐维来办。"

"好！"

第二十九章　翻案2

有人类的地方就会有罪恶，这是亘古不变的道理。

对于以惩治罪恶为天职的警察而言，希望能够抓住所有坏人，让世界没有罪恶。但人的精力有限，能做好当下的事儿已是不易，很少有人会去为多年前的案子翻案。

齐维却是例外，只要他觉得案件有疑点，他都会想方设法去查清楚，当年他在档案室工作的那几年，查了很多悬案和冤案。对于1999年的奸杀案，疑点很多，就算没有刘天昊的事儿做引子，他早晚会查到这件案子。

郭水村是一个自然村落，因为靠近国道，村子的经济发展还算好。来往的大货车、小汽车不断，很多村民借地利优势，农闲时在路边支起了小摊位，有卖当地水果的，有卖特色小吃的，有的兜售小手工艺品，路边居然形成了一条自发的夜市。

齐维把车停在路边，听了刘天昊的微信留言后，他的脸上露出笑容。

在查朱占林一案时，他就看出此案有蹊跷。朱占林枪杀案疑点很明显，一是刘天昊无缘无故地晕倒在仓库，又不是外力所致，无论如何也解释不清这点。另外，就算刘天昊真的开枪杀了朱占林，凭他的能力，完全可以找一个脱罪的借口，没必要打晕巡警逃走。二是按照朱占林所站立的方位和子弹射入其胸部的角度，都说明射杀朱占林的子弹来自仓库外，子弹是从窗户射进来的，但子弹的弹道试验却又证明子弹是从刘天昊的枪里打出去的。

齐维之所以没有揭破这一切，完全是因为他看破了刘天昊所布的局，一个让刘天昊变成活子儿的局，诱真凶跳出来的局。

齐维来到一个煎饼果子摊位，冲着摊主笑了笑："大姐，来一个煎饼果子。"

摊主长得五大三粗，皮肤粗糙，厚厚的脂肪下隐藏着大块肌肉，枯黄的头发蓬蓬着，脸上满是横肉，斜吊着的三角眼时不时地散发出一丝不易察觉的精光，虽然对着齐维笑，却给人很凶悍的感觉，若不是巨大的胸部和长头发，没人会把她当作女人来看。

煎饼果子摊位是一个用有机玻璃罩着的三轮车，车斗和驾驶位之间挂着一个液化气罐，车斗上有一个黝黑的铁板，铁板下方是煤气灶，刀刀铲铲的挂在侧面有机玻璃上的真空挂钩上。

"连价儿都不问，不怕我宰你呀！"摊主大姐嗓音很粗，打开煤气熟练地操作着，不时地抬起眼睛瞄齐维一眼。

齐维已经一个星期没刮胡子了，一脸的络腮胡子显得很男人。

"郭水村的煎饼果子很有名，价格公道，五块钱一份。"齐维常年在基层工作，对于民生的事儿再熟悉不过了。

摊主大姐咧嘴一笑，把摊好的煎饼果子递给齐维："老板是当地人啊。"

齐维给了钱后大口吃起来，边吃边竖起大拇指："好吃。"

摊主大姐只是笑了笑，眼睛看向周围。

"大姐，您来村子里多少年了？"齐维问道。

"记不得了，好多年了吧，你……"摊主大姐几乎下意识地回答着，但又突然停住话头儿，警惕地看向齐维。

齐维一笑，把最后一口煎饼果子塞进嘴里："再给我来一个。那个……您叫罗爱凤吧？"

摊主大姐白了齐维一眼，鼻子里微微哼了一声，再次熟练地操作着，却不再回答。

"1999年7月25日的那起奸杀案是你报的案吧？"齐维问道。

在齐维话音刚落时，罗爱凤的眼睛里闪出一丝凶狠的光，攥着刀铲的手一紧，她甚至忘了继续操作，以至于煎饼开始变焦！

相由心生。

罗爱凤的眼神几乎在一瞬间出卖了她，擅长捕捉微表情和细节的齐维自然第一时间感受到了她的变化。

对于一件陈年旧事，常人很难再有印象，听到后的反应不会像罗爱凤那么强烈，除非这件事很重要，让人无法忘怀。

齐维笑了笑，指了指铁板说道："煎饼煳了！"

罗爱凤立刻察觉到齐维的不同，她的表情随即发生了变化，挤出一个僵硬的笑容："我这人记性不好，记不住事儿！"

罗爱凤把有些煳了的煎饼铲了下来，扔在一旁的野地里，又开始摊新的煎饼。两只半大的野狗摇着尾巴跑了过来，争抢着把煎饼吞了下去，随后坐在一旁盯着罗爱凤。

"我知道你什么意思，第一个到达案发现场或者第一个目击者很有可能就是凶手，对吧？"罗爱凤问道。

齐维耸了耸肩膀，眼睛却一直盯着铁板上的煎饼果子："大姐，要是再不翻面，怕是又要煳了。"

罗爱凤用铲子狠狠地按在铁板上，表情突然变化，像一头发怒的狮子一般："不要和我再说什么煎饼！听着，我不管你是谁，那件事儿都已经过去了，当年的办案警察查了我很久，我甚至为这件事离了婚，失去了一切，我付出的代价够多了。"

煎饼在铁板上开始冒出黑烟，散发出一股难闻的味道。

齐维脸上露出心疼的表情，用手在鼻子前扇了扇，说道："大姐，我今天来只是想告诉你一件事儿，现在有个人正在查这件案子……"

"我想起来了，你是齐维，那个神探！"罗爱凤几乎同时举起铲子指着齐维，完全不理会已经碳化的煎饼。

齐维下意识地偏了偏头，又指了指煎饼。

罗爱凤三下两下把煎饼铲了下来，丢给了一旁一脸渴望的野狗，随后关了液化气罐："你是专程来找我的吧？"

齐维点点头："查案子的不是我，也不是其他警察，从目前的线索来看，查案子的人应该和当年的凶手陆某某有一定关联，不过他的做法有些偏激，查到与奸杀案相关的人就全部杀掉，以免错过真凶！"

罗爱凤笑了一声，笑容很勉强，却丝毫没有畏惧："这件事和我有什么关系，就因为当年是我报的案就要把我杀掉吗？毫无理由！"

显然她并不知道刘天昊身陷冤案的事儿，更不知朱占林、姐妹花、王嘉利等人的遭遇。退一步说，就算她知道了，也不会在乎，人都是这样，侥幸心理往往会占据上风，认为厄运不会降临在自己身上。

"能给我点时间说这件事吗？"齐维感到了罗爱凤的不耐烦，按照目前沟通的情况看，最多再说三句话，罗爱凤就会翻脸走人。

罗爱凤眨巴了一阵眼睛，最后还是叹了一口气，点点头。

齐维把手机拿了出来，调出朱占林、姐妹花、王嘉利的案情简介，还有刘天昊和神秘人之间的部分对话，又把自己的警官证出示给罗爱凤，同时把朱占林等人的案子和奸杀案之间的关联解释了一遍。

逻辑对于一名只忙于生计的人来说，是件很复杂的事儿。罗爱凤大约听明白了，却还是一脸不解。

"我相信你所说的是真的，但我还是不明白，这件事和我一个卖煎饼果子的有什么关系？"罗爱凤不知是真糊涂还是装糊涂。

"说直白一些，那名神秘人我们还没抓到，他随时可能找到你。"齐维说道。

"要是找我，他早就找到我了，何必等到现在？"罗爱凤反问道。

"之前神秘人没有渠道找，因为奸杀案的档案一直存放在市公安局档案室里，但现在他可以找到你了。"齐维说道。

"为什么？档案不是一直放在档案室里吗？"罗爱凤依然没明白。

"因为我找到了你，所以……"齐维撇了撇嘴，随后向四周看了看。

"你……"罗爱凤立刻向四周看，并未发现有行为异常的人出现。

"看来我今天是吃不上煎饼果子了，如果你觉得无所谓，那就当我没说，拜拜！"齐维的态度突然一百八十度大转弯，冲着罗爱凤挥了挥手转身离去，上了车发动引擎一溜烟地走了。

罗爱凤把铲子扔在铁板上，操起切煎饼用的刀，紧紧地攥着……

第三十章　翻案 3

大部分人宁愿吃生活的苦，也不愿意吃学习的苦。

因为学习的苦需要自己主动去吃，而生活的苦，你躺着不动它就来了。生活的苦是为了适应，而学习的苦是为了改变。

改变的过程是痛苦的，它代表着要改变人们原有的行为模式，去接受新的事物，超出认知范围的部分会令人感到不安、恐惧、焦虑，学习的苦是极其难熬的。生活的苦却可以通过低级的娱乐来麻痹，让痛苦感知渐渐丧失。

罗爱凤自然逃不出这个规律，在抉择面前，她选择被动接受。如果听到齐维的一番话后，就能够主动作为，她就不是罗爱凤了。

和往常一样，罗爱凤收了摊，骑着三轮车回到家里，看着冷清的家，她叹了一口气，甚至连洗漱的欲望都没有，直接躺在床上，眼睛死鱼般地望着棚顶，过了一阵后，一股困倦之意顿起，眼睛一闭睡了过去。

丈夫早在五年前就带着儿子离她而去，并且以抚养孩子的名义带走了大部分财产，只留下一个未还完贷款的房子，罗爱凤只得做起了小买卖谋求生计。

房子是独门独院的三层小楼，这种建筑风格在南方比较常见。本地人盖房子一般都是亲戚朋友凑一凑，而像外来户罗爱凤这样的，只能向银行申请贷款。

虽说是暖春，入夜后的乡村温度依然很低。

睡梦中的罗爱凤不由自主地打了个寒战，下意识地用手拽被子，却拽了个空，她极不情愿地坐起身，挪着身体够向一旁的被子，模糊的视线中却发现一道人影出现在她眼前。

困意被吓得去了七七八八，她用手背揉了揉眼睛，定睛看向人影所在的位置，是件她冬天穿的大衣，到了春天换下来还没来得及去干洗。

"呼！"她长长地出了一口气，正准备回身拿被子，却感到脖子上一凉。

"别动！"一个冰冷的声音从她身后传来，她下意识地缩了一下脖子，眼睛向下看了看，一柄明晃晃的匕首架在她的脖子上，还有一只极为有力的手臂勒住了她的脖子，容不得她半点反抗。

罗爱凤身体强壮，开始还想着如何反抗，但这只手臂勒住她时，她发现没有一点机会，就算没有刀，她也绝对不是来人的对手，所以她放弃了反抗的念头，剩下的只是茫然无措。

那一刻，她的念头闪过很多。

她人虽长得比较凶，但平时为人低调，和人相处还算和睦，从未得罪过任何一个人，被人找上门复仇的可能性不大。她的长相自不必说，抛开长头发之外，和五大三粗的老爷们没什么区别，不太可能有男人打她的主意。剩下的只有一种可能性，劫财！

"我家穷得很，房子是贷款盖的，村头儿老牛家有钱，你去他家吧！"罗爱凤试探着，女人毕竟是女人，胆子比较小，说话的声音有些发颤。

人性的恶在这一刻展现得淋漓尽致，为了保自己的性命，不惜出卖他人。

"我不是为了钱。"来人的声音很冷，甚至让罗爱凤怀疑来人究竟是人还是鬼！

罗爱凤大脑急速运转着，回想着白天遇到的齐维，在她的生活中，只有他是不速之客，一个本不应该出现的人，但从声音来听，齐维的声音要比来人温和得多，更加富有磁性。

"1999 年 7 月 25 日……"

来人的声音还没落，罗爱凤几乎惊叫出来："你是那个复仇的人？"

架在罗爱凤脖子上的刀子紧了紧，若不是她向后躲了躲，怕是会把她的肉皮划破。

"少废话，我原本可以一刀把你杀了……不过，我心里还有个疑问，如果得不到解答，如鲠在喉。警方已经盯上我了，不出意外，我很快会被抓到，也就没有机会再出来了，所以，这个疑问我不想带到下辈子，明白吗？"来人说道。

从他的语气可以听出他很悲观，同时也带着必死的决心，如果此时违了他的意，弄不好他这一刀就会割下来。

罗爱凤咽了一口唾沫："有什么事儿你就问！"

"你当年报案的陈述我都看过了，没必要说，我想听点档案里没有的。"来人压低声音恶狠狠地说着。

"好，好，我说，你能不能先把刀放下，我有点喘不过气来！"罗爱凤眼睛一直斜盯着拿刀的手。

来人松了松勒住罗爱凤的胳膊，刀依然紧紧地贴在她的脖子上："只要我觉得你撒谎了，我就会在你脖子上割一刀，也不知道你的脖子割几刀能割到动脉？"

"我不会撒谎，绝不会的！"罗爱凤完全乱了方寸，身体不由自主地挣扎起来。

来人再次勒紧了胳膊，直到罗爱凤涨红脸停止挣扎，这才松了松胳膊："不好，不好，血溅在我身上也不好处理呀！"

罗爱凤咳嗽了好一阵，剧烈的动作使得脖子上被刀刃割破，鲜血顺着脖子流下来，但她却丝毫没有知觉。

罗爱凤缓过劲儿来之后立刻嘶哑着嗓子说道："当年是我报的案，报的是假案！"

"具体说说！"来人语气很兴奋，似乎对罗爱凤的话很感兴趣。

"能不能放开我，这样我很不舒服。"罗爱凤察言观色的能力很强，她看出来人对她的话很感兴趣，知道自己一时半会儿死不了。

来人沉默了一阵，叹了一口气："也好，你把手背过来！"

罗爱凤不敢反驳，乖乖地把双手背到背后，只听"咔咔"两声，一股冰凉而沉重的感觉从手腕传到了大脑。

是手铐！

"放心吧，是手铐，我从黑市买的，只要你所说的属实，我会考虑放过你！"来人说道。

当罗爱凤被戴上手铐的那一刻，她一度认为身后的人是白天的那名神探，但来人这几句话一说出来，立刻打断了她的推理。

来人又把床上的枕巾撕开，蒙在罗爱凤的眼睛上。

"我不让你看我，就是不想杀你。"来人说道。

"好，好，你还得答应我一件事儿，我才肯说。"罗爱凤颤着声音说道。

来人哼了一声，沉默了好一阵，空气似乎凝固了一般，让罗爱凤感到呼吸都有些困难。

"说吧。"

"无论你听到什么，都不能杀我！"罗爱凤舒了一口气。

"这些年我一直在暗中调查这件案子，也知道一些事儿，只要你不说谎，我就不杀你。"来人的声音变得柔和了一些。

"好，我说。当年杀死那女孩儿的不是陆某某，而是……而是我！"罗爱凤说完这句话像一直漏气的气球一般，整个人的气势立刻弱了下来。

杀人偿命是人之常理，哪怕是罗爱凤这样的人也知道这个理儿，无论说出来还是继续隐藏，她都一样要面临死亡。但今天她直接面临着死亡的威胁时，在慌乱情急之下，迫不得已还是说了出来。

来人骂了一句脏话，显然是气愤至极才脱口而出的。

罗爱凤一哆嗦，急忙说道："你说过不杀我的！"

来人朝着地上吐了一口唾沫，深呼吸几口，说道："行，你继续说，究竟是怎么回事？"

罗爱凤舒了一口气，缓息一阵才说道："是刘大龙指使我的，就是那个房地产的老总刘大龙。"

"他让你杀的郭丽娟？"来人问道。

"没有，他只是让我教训郭丽娟一顿。"罗爱凤说道。

"怎么教训？"

"就是抓起来卖到偏远的农村去，让她永远回不来。"罗爱凤说道。

"这也是教训一顿吗？简直是毁人一生！畜生！"来人又开口骂道。

罗爱凤吧唧吧唧嘴，蒙着枕巾的眼珠来回动着，显然是心神不宁。

来人叹了一口气："你继续说吧！"

"你看我这长相，当年三十来岁，相了几次亲都没成，乡里乡亲的都笑话我，把我当开心果。后来我也是破罐子破摔，整天在地头儿上混，谁不服我、谁笑话我，我就揍谁，打那儿以后，这一片没人再敢惹我。唉，结果名气是出去了，但没人再敢给我介绍男人。"罗爱凤说道。

从语气中可以听出当年她也曾"风光"过，至少她自己是那么认为的。

"说奸杀案的事儿。"来人语气有些不耐烦。

"我说的就是奸杀案的事儿。刘大龙找到了我，我当时认为他是冲着我的名气来的。他提出要求后，我也吓了一跳，当时就拒绝了他。绑架、贩卖人口都是重罪，抓起来非得判个几年十几年的，我只是混地头儿，又不傻。不过刘大龙的一番话也让我醒悟了，所有的问题都是穷引起的，就算我丑点、粗点，但只要我有钱，照样会有男人来找我。当刘大龙第二次找到我，并把30万元现金放在茶几上时，我动心了。"罗爱凤说道。

"后来呢？"

"我知道郭丽娟有夜间上厕所的习惯，暗地里把她家的厕所弄得到处都是粪便，她只能到稍微远一些的公共厕所解决，我准备在那儿动手。那处公共厕所白天还好，夜间很少有人去。"罗爱凤说着说着嘴角耷拉下来，显然是情绪有些不高，深吸了一口气后，她才说道："郭丽娟身体很弱小，我原本以为手拿把掐的事儿，却出现了意外。"

第三十一章　翻案 4

罗爱凤是个混子不假，却没到杀人不眨眼的程度，她原本想的是一拳把郭丽娟打晕，然后绑起来、堵上嘴，关进自家的地窖里，等联系好人贩子之后，再把她卖掉。

利益上，刘大龙不但给了她一笔 30 万元的定金，外加 50 万元的尾款，而且还答应她，卖郭丽娟的钱都归她。

对于整天靠打打杀杀混日子的罗爱凤来说，这是一个无比巨大的诱惑。

至于郭丽娟的命运，绝对不在她的考虑范围。如果罗爱凤的计划能成功，郭丽娟有可能会成为偏远山区里某个家庭的生育机器，在生了数个孩子之后，也有可能被人转手卖掉，甚至有可能被器官贩子摘取器官贩卖，最后悲惨而死。

所谓的鬼迷心窍只是当事者给自己的一个借口，世界上本没有鬼神，哪来的鬼迷心窍，说穿了就是人的欲望在作祟！

但罗爱凤给自己的理由就是鬼迷心窍。

郭丽娟身材瘦弱，却宁折不弯。也许是天黑看不清，也许是罗爱凤做贼心虚出手有了偏差，那一拳并未如愿地把郭丽娟打晕，郭丽娟摔倒在地后立刻爬了起来，抹了抹脸上的血，眼睛像恶狼一般盯着罗爱凤，准备和罗爱凤搏斗。

罗爱凤看到郭丽娟的眼神后心神一凛，知道今晚这件事儿肯定不能善了，索性心一横，冲了上去用身体死死地压住郭丽娟并掐住她的脖子。郭丽娟极力挣扎，但无奈对方身体过于强壮，剧烈的反抗令对方更加疯狂地掐住她的脖子。

当罗爱凤发现郭丽娟不再挣扎，她探了一下郭丽娟的鼻息，发现郭丽娟已经没了呼吸。

正当她茫然不知所措时，听见隔壁的男厕所有了动静，从对方吹的口哨，她听出来人是住在附近的陆某某。陆某某是三十好几的单身汉，家里条件比较差，他本人又懒又馋，宁可守着父母啃老也不去城里打工。

当人懒到一定境界之后，绝对会超出人类的认知底线。

农村的房子一般都是在自家的门口或是后院建一个厕所，陆某某家的厕所在自家的后院，由于父母身体不好，陆某某又非常懒，连厕所都不愿意清理，以至于一家人只能去几百米外的公共厕所。

长期的单身导致陆某某对女性的渴望是极端的，虽说他胆子小，却控制不了自己的眼睛，只要有姑娘经过他面前，自然要多盯一会儿。以至于很多村民传言他作风有问题，村里的大姑娘小媳妇见到他都躲得远远的。

这也是导致他身受冤案的源头，如果他早早地成家立业，就不会有冤案降临到他的头上。

罗爱凤能混到今天，自然有她的过人之处，在那一刹那，她的念头闪过了千百个。

贩卖人口已经没有任何机会了，如果把尸体埋起来，早晚会被人挖出来，更何况还有一个刘大龙，一旦事情败露，就算刘大龙不报警，自己也会有个把柄被他抓一辈子。

厕所没有棚顶，月亮高高地挂在天空，似乎是在看着她。

她咬了咬牙，把郭丽娟的衣服脱了下来，扔在一旁，又对尸体做了一些不可描述的龌龊行为，当她完成了一切后，听到了陆某某也准备离开厕所，她捡起一块小石头，朝着男厕扔了过去，听到陆某某"咦"了一声后，立刻踮着脚步离开了厕所。

厕所本就是下地干活儿的村民临时解决问题用的，根本没考虑隐私问题，不但没有棚顶，甚至连中间那堵墙也不密封，不知是自然脱落还是人为捅开的，数块大石头缝隙之间的泥土掉了下来。

陆某某犹豫了一阵后，还是顺着一个窟窿看向女厕所，他看到了一个女人，身体在月光下散发出诱人的白色，但他仔细观察后，却又吃了一惊，因为女人不但没穿衣服，还躺在厕所的地上一动不动！

这是农村的旱厕，卫生条件极差，不可能有人会躺在粪便满地的地上。

陆某某犹豫了一下，最后小声地喊了两声，见女人还是没动静，他咬了咬牙，扒着墙头跳进了女厕所。当他发现女人已经断了气，几乎下意识地想逃走。

但良知又让他犹豫了，他扒在墙头的手停住了。

罗爱凤难听的歌声让他立刻翻过墙去，在翻墙时，不小心被墙头残留的玻璃碴儿划伤了手臂和小腿，这也是日后给他定罪的铁证之一。

慌慌张张地离开男厕后，走了没几步，就看到了罗爱凤晃晃悠悠地走进女厕所，他刻意把脸撇向一边，快速地离开。

他还没走出 100 米，就听见厕所的方向传来一声难听的尖叫。

目击者罗爱凤的证词、墙头玻璃碴儿上的血迹、女厕所地面上的脚印，这一切证据都让嘴笨的陆某某无力反驳。

民警走访百姓们也得到了一条信息，陆某某长期单身，对女性的渴望极其强烈，有作案动机，而在几年前，陆某某还通过媒人向郭丽娟提过亲，遭到了拒绝。

一切线索都对陆某某极为不利。陆某某无法为自己辩解，他的父母也没有任何法律意识，当他站到法庭上时，他的命运就已经注定了。

刘明阳是赫赫有名的神探，所办的案子无数，从未有过冤假错案，这件案子的线索来得太过容易，虽起了疑心，但随即而来的另外一起大案牵扯了他的所有精力。

……

"事情就是这样。"罗爱凤说完后，明显感觉到脸上的表情放松了下来，想必是她这些年一直受到良心的谴责和精神上的困扰，内心累极了，现在说出来，也算是解开了一个心结。

来人点点头："案卷里的记载已经让我推理得八九不离十，加上你的叙述，算是对上了。"

罗爱凤抿着嘴微微摇了摇头。

"你的目击人证词最大的破绽就在于此，陆某某和郭丽娟家距离公共厕所很近，如果在家里厕所出现问题后去公共厕所还能说得通，但你家距离公共厕所大约有一里地的距离，一个女人，大半夜的为何不用自家的厕所，反而跑到一里地远的公共厕所，这是其一。其二，死者遭受到了侵犯，却没有留下任何男人的体液，这不符合常理，你还忽略了一点，在那种环境下，男人很难起歪心思的，所以我断定凶手可能不是男人！"来人说道。

"这么说，你早就盯上我了？"罗爱凤问道。

"当然不是，也是某个人提醒我，我才真正注意到你的。"来人说道。

罗爱凤鼻子里哼了一声。

"报案、做伪证，眼睁睁地看着陆某某被判死刑，执行枪决，你心里没有愧疚吗？能睡好觉吗？"来人问道。

罗爱凤哈了一声，竟然毫不顾忌脖子上架着的尖刀："你既然是来报仇的，就杀了我吧，痛快点就行，这些年我真的累了，心累了。多年前，我就应该偿命，给郭丽娟偿命，给陆某某偿命。"

也许是人之将死其言也善，罗爱凤好像突然看透了一切，脖子向刀的方向挺了挺。

来人叹了一口气，说道："如果你当初没有邪念，没被刘大龙的钱所诱惑，也许他们现在还好好地活在世上。"

"世上本来就没有如果，事后如果都是为了安慰人的，动手吧，反正我也活不成了！"罗爱凤语气坚定地说道。

她背负着杀了人的秘密，内心痛苦不堪，好不容易结了婚，丈夫却是冲着她的钱，当她的钱都进了丈夫的口袋后，他毫不犹豫地离开了她，而她却因为杀过人不敢和丈夫翻脸，只得忍气吞声地继续生活。

每天两点一线，除了在家里忍受着寂寞之外，就是到国道旁摆摊忍受来自各种各样人的白眼，没人看得起这个和男人一般模样的小商贩，除了路边那两只流浪的野狗偶尔会因为她的施舍摇头摆尾之外，世上再也没人关心她！

活着仅仅是为了活着，没有灵魂！

"我答应过你，不杀你，对也好，错也好，相信法律会给出一个公平的审判！"来人说道，同时撤回了手上的尖刀。

罗爱凤听到这句话后突然尖叫起来："你是齐维！"

罗爱凤被挟持后一直很慌乱，刚才把所有的事都倒了出来，心态已经完全平和，她的认知能力又重新找了回来，当齐维说话时，她闻到了一股熟悉的煎饼果子的味道，这才断定出来人是齐维。

齐维站在罗爱凤面前，伸手把蒙住她眼睛的枕巾扯了下来："没错，我是齐维，为了破案可以做任何事的齐维。"

罗爱凤惨笑一声，笑声中充满了无奈和自嘲，她知道自己即将面临着什么。

……

刘天昊的身体虚弱到了极点，但他必须走出医院，脱离警方的控制和视线，他依然还是那个活子儿，只有他活动起来，凶手才可能继续沿着他查找的线索杀人。

虞乘风和阿哲查清陆某某除了父母之外，再也没有其他的兄弟姐妹，一些表亲和陆家来往不多，不太可能为了多年前的冤案出头杀人，所以无法通过社会关系查出隐藏在案件背后的神秘人。

他相信齐维为奸杀案翻案只是时间的问题，但他不能等，要赶在凶手再次杀人前将其抓捕归案。

他所查到的线索不多，只能将凶手定位在大致的范围之内。

第三十二章　一块苹果

看守刘天昊的两名警察本就是例行公事，他们并未像往常看犯罪嫌疑人那样死盯着，而是坐在病房对面的凳子上聊天。

突然几名医护人员跑了过来，打开房门冲了进去，两名警察还没反应过来，就听一名女医生说："快送急救室。"

两名警察还没来得及进入病房，医护人员便推着病床从病房里走了出来。两名警察对视一眼，急忙跟着病床向急救室走去，边走便问道："同志，他怎么了？"

"情况很复杂，先抢救再说。"一名护士说道。

一名警察向病床上看去，却被两名护士挡住了视线，只得跟在后面。

众人离开后，刘天昊从病房中探出头来向左右看了看，出了门后，径直向消防通道走去。

当两名警察终于得到机会看清被急救的人是刘明阳时，心中大呼上当，急忙向病房跑去，但等待他们的却是一个空病房和一张字条。

"对不起啦兄弟，案子还没破，我得出去一趟，麻烦你们和韩队、钱局说一声，又是我自己逃走的，和你俩没关系。"

一名警察拿着刘天昊留下的字条不禁苦笑着。

……

走廊里一阵轻柔的脚步声让愣神中的韩孟丹回了神儿，她抬起头，看到推门而入的是一名身材高挑的女性。

"苗小叶！"韩孟丹一愣。

苗小叶是齐维利用私人关系请来的跟踪专家，原本是来抓刘天昊的，现在刘天昊已经洗脱嫌疑，她的使命也就结束了。

"我不是你的敌人。"苗小叶进门便说道，完全不给韩孟丹说话的机会。

韩孟丹冷冷地看着对方，两人几乎同时对视，谁都不肯让步。

"我跟踪刘天昊是受了齐维的委托，没错，齐维是我最要好的朋友。"苗小叶说起齐维时，眼中散发出异样的光芒。

"那是你和齐维之间的事儿，使命结束了就回到属于你的地方吧。"韩孟丹说道。

"我来找你是为了刘天昊，在追踪他的过程中，我发现还有两个人在跟踪他，一个是他叔叔刘明阳，行动虽然比较迟缓，智慧却不低，居然能看破我。另外一人是个年轻人，我只能感到他的存在，却无法锁定他。显然，他的能力在我之上。我只想告诉他，一定要小心那个年轻人，就这样！"苗小叶说完转身便走。

"等等！"韩孟丹向苗小叶的方向喊着。

苗小叶回过头一笑："韩大法医还有什么指教吗？"

"按照你的能力，不可能光是让我提醒昊子吧？"韩孟丹走上前伸出手："重新认识一下，我是法医韩孟丹，我也不是你的敌人。"

女人之间的关系可以很复杂，也可以变得很简单。苗小叶微微一笑，和韩孟丹握了握手："苗小叶，国安局侦察员，你的朋友。"

"刚才是我态度不好，对不起了。"韩孟丹诚心地说道。

苗小叶呵呵一笑，挥了挥手，完全没把韩孟丹之前的态度放在心上说道："跟踪刘天昊的年轻人体力很好，动作更快，有很强的反侦查能力，本领绝对在刘明阳、刘天昊和我之上，很有可能是职业雇佣兵。另外，他的相貌可能很一般，从外表看起来绝对不会有太多'惊喜'！"

韩孟丹皱着眉头想了一阵，也没什么收获，只得说道："这些信息对我来说等于没有，如果昊子要是在的话，也许会找出一些破绽。"

"那不如让小叶姐姐留下来，帮咱们不好吗！"单小慧边盲打边看向苗小叶："小叶姐姐，咱俩可有缘，名字中间都有一个小字。"

苗小叶无奈地笑了笑。

韩孟丹却一本正经地看着苗小叶，意思也是想让她留下来。

"我是利用休假时间来帮齐维的，假期结束时间马上到了，我得回去报到。"苗小叶为难地说道。

国安局属于纪律部队，工作任务很重，更何况苗小叶还是为数不多的跟踪专家，工作异常忙碌，每年能休个假已是非常不易的事儿了。

"小叶姐姐，求你啦！"单小慧站起身走到苗小叶身前歪着头卖着萌。

单小慧年轻，而且自带卖萌属性，这种事由她做出来再合适不过，要是放在韩孟丹身上，无论如何也做不到。

苗小叶抿着嘴犹豫了一下，随后重重地点点头："那我先去和头儿续个假，然后咱们去医院找刘天昊。"

话音未落，虞乘风从外面风风火火地走进来："孟丹，昊子这次用的是金蝉脱壳，又跑了，不过他拿走了刘叔的手机，可以随时联系上他。"

……

刘天昊坐上了一辆出租车，告诉了司机一个地点后，便打开手机看着信息。

信息是齐维发来的，是罗爱凤作案杀死郭丽娟的事儿，现在齐维已经带着罗爱凤赶回局里，做笔录落案，按照他的计划，只要取得钱局的同意，把当年奸杀案的真相和凶手公布出来，神秘人自然就会现身，承认所有的罪行，替刘天昊洗清冤屈。

王佳佳得到了齐维准备翻案的通知，早早地在公安局门口等候着。

刘天昊却不赞同齐维的方案。他和凶手交过手，凶手动作、思维敏捷，年龄在30岁左右，正是青春年华好时光，虽说为了当年的奸杀案翻案而作案，却还不至于达到舍生取义的地步。没有人真正想死，寻死也是因为无法解决一些问题，当问题真正解决之后，当事人的求生欲望很有可能突然暴增，很大可能会选择隐藏起来。

进而言之，能翻案还不会暴露自己，那才是凶手想要的！神秘人从一开始就给自己留了后路，一旦奸杀案如愿翻案，他就会消失在茫茫人海中！

从目前掌握的线索来看，神秘人行踪诡秘，不但警方想抓他，和刘天昊相关的刘明阳、慕容霜也想抓到他。他虽然中了刘天昊的计策，在监控头前暴露了行踪，却因为戴了面具，无法确认他的身份。

这是刘天昊遇到的最难缠的对手之一，在隐匿行踪上，甚至超过了"冤魂"一案中的"孤魂"纪福山。

但他依然有弱点，弱点就在陆某某身上！

肯为陆某某翻案的人一定是他的至亲，当案情真相大白时，神秘人很有可能到陆某某的坟头祭拜。例如在"画魔"一案中，嫌疑人杨红多次到男友的坟前烧画祭拜。

这应该是抓住凶手的最后一次机会。

陆某某死于枪决，说起来并不光荣，村民们不肯让他埋在村里专门葬人的山头，他家里又没钱，不能安放在公墓，最终只得找一个荒山野岭，和一些荒野孤坟埋在一起。

孤坟大多都是木质的墓碑，偶尔一个石质墓碑上也只有寥寥几个字，有的甚至只有一个坟包，上面长满了荒草。

陆某某的坟包很好找，因为所有的荒坟都没人打理，只有一座坟刚刚清理过杂草，坟头前放着一个火盆，火盆里有一些灰烬，墓碑也清理得干干净净，上面的字是新描上去的油漆，墓碑前放着几个苹果和一盘点心。

"来晚了！"刘天昊气喘吁吁地站在坟前，向四周不断地瞄着。山坡周边是一个树林，树林绵延到另外一座山，要是有人藏在树林中，仅凭他一个人绝不可能把人找到。

他叹了一口气，抹了抹额头上的汗，走到火盆前，用手探了探，发现火盆已经完全没了温度，从其中的灰烬来看，应该是一些书信和纸钱的灰烬，有一些边边角角的没烧干净。

火盆周边的杂草清理得很干净，与周围的杂草丛生形成鲜明的对比。墓碑前放着一块木板，苹果和点心就放在木板上。

"咦，有些奇怪！"刘天昊从一堆苹果后面发现了一小块苹果，苹果已经氧化，但并未腐烂。

第三十三章　最后的报复对象

随着人类活动范围的拓展，野生动物越来越少，尤其是大型野生动物，在食物匮乏的情况下很难在人类聚集地附近生存。在 NY 市周边出现最多的就是野鸡、野兔这类小型动物。

如果是这类小型动物偷吃剩下的苹果，不太可能剩得那么恰好。至于人类，自打有了智慧以来，一直敬畏鬼神，不太可能有人冒天下之大不韪偷吃祭品，就算偷吃，也不会剩下一口扔在坟前。

刘天昊在附近又仔细搜了一阵，并未发现苹果核儿，回到墓碑前拿起那块苹果看了看，依稀分辨出这块苹果是人牙齿咬下来的。

"奇怪，太奇怪了！"刘天昊思索着。

他又蹲在修整好的地面上用手丈量着几个模糊的脚印，从步距和脚印大小、深浅来判定，来人身高有 185 厘米，为 44 码的鞋，体重在 90 公斤左右，完全符合袭击蒋小琴的凶手的特征。

"果然是他！"

他正思索着，手机突然响了起来，铃声是一段凤凰传奇的歌曲《最炫民族风》，手机是刘明阳的，到了老年后他也依然逃脱不了广场舞的魔咒。

"孟丹。"

"昊子，你在哪？我和苗小叶在一起，有些线索要和你沟通，最好见个面。"韩孟丹的声音从话筒传出来。

"苗小叶？"刘天昊有些发蒙。

"见面细谈，你定个地点吧。钱局和我哥那儿你放心，他们对你的逃离没做出任何反应，不过，你的身体……可别硬撑着。"韩孟丹的话语间透露着关心之意。

"没事，我还扛得住！老地方吧，下午三点半！"刘天昊看了看手机上的时间。

警察也是人，也有属于自己的生活。刘天昊小队的三人在闲暇时间会去喝杯咖啡，听听音乐聊聊天轻松一下，定点咖啡店就是红房子咖啡，相对闹市区的星巴克、漫咖啡来说，红房子比较静谧，能让人尽可能地享受安静和私密。

"有需要帮忙的尽管说。"韩孟丹又说道。

"为什么要剩下一小块苹果？"刘天昊自言自语地说着，注意力完全集中在那一小块苹果上，他隐隐感到这块苹果并不简单，神秘人故意留下这块苹果到底寓意着什么？

"什么？"电话里传出韩孟丹疑惑的声音。

"没事……我……"刘天昊盯着那块苹果发愣。

"刚才你说苹果什么……"

"不好，不好，凶手的下一个目标是我叔叔。孟丹，你和乘风快到医院找他，如果见到他，一定要和他在一起，别让他单独一个人，我马上赶过去！"刘天昊语气非常急躁。

"好！"韩孟丹没有半分犹豫，她相信刘天昊这样说一定有他的道理。

刘天昊放下电话，在坟墓附近拍了几张照片取证，随后拖着疲惫的身躯向山下跑去。

"叔，你一定不要有事，千万不要！"

……

人一生中可以有很多朋友，但朋友未必会成为很好的事业伙伴。做朋友只要有一颗做朋友的心就能做到，但事业上的伙伴同时还需要很强的业务能力和契合度，好的伙伴是可以主动作为的。

虞乘风和韩孟丹、苗小叶三人距离医院比较近，当他们赶到医院时，从护士处得知刘明阳只是不明原因的晕厥，经过检查后并无大碍，已经离开了医院。

虞乘风立刻联系了刘明阳住所的辖区派出所，让他们派附近的巡警去找刘明阳。

韩孟丹同时拨打刘天昊的电话，准备告知这个消息，电话刚刚拨通，就听见走廊传来一阵急促的脚步声和广场舞的电话铃声。

刘天昊出现在他们的视线里，冲着他们挥了挥手，正要跑过来，却被值守的那两名警察拦住。

"刘队，您的金蝉脱壳玩得溜溜转，可坑了我们喽。"其中一名警察苦着脸说道。

"兄弟，来不及细讲，请你们相信我，这件案子就要真相大白了。"刘天昊说道。

两名警察只是普通民警，任务就是看管刘天昊，之前让他金蝉脱壳跑一次已经失了职，怎么可能再让他跑，两人虽说没说什么，却站在刘天昊面前一动不动。

虞乘风三步并作两步走到警察跟前，说道："这件事我可以担保，把他交给我们吧，有任何事情，我来和钱局、韩队、齐队解释。"

没等两名警察说话，韩孟丹也来到刘天昊面前，看了看有些犹豫的警察："我哥那儿我去解释。"

韩忠义和韩孟丹的父母早亡，兄妹俩一直相依为命，哥哥韩忠义亦兄亦父。韩忠义虽说为人公平，但护短的毛病整个支队是无人不晓，要是有人得罪了韩孟丹，那可是了不得的事儿。

两名警察还没反应过来，韩孟丹拉着刘天昊的手就向外走，刘天昊走了几步后，回过头抱歉地向两人一笑。

苗小叶无奈地摇摇头，冲着两名警察说道："有韩孟丹和虞乘风做担保，你们就不用担心了。"

两名警察对视一眼，拿出手机向领导汇报着。

……

吉普大切诺基几乎榨干了所有功率，闪着警灯在马路上快速飞驰着。

"到我家，越快越好！"刘天昊神情焦急地说着。

虞乘风本分老实，但毕竟是男人，骨子里隐藏的一丝野性被大切诺基的暴躁带动起来，汽车在尽可能不违规的情况下飞驰。

"昊子，到底是怎么回事？"韩孟丹坐在后座问道。

苗小叶坐在韩孟丹旁边，她不时地看一眼刘天昊，眼神中带着好奇之色。对这位和齐维齐名的神探，她早有耳闻，这次跟踪经历更加让她佩服他，他居然能够在 A 级通缉之下从容潜逃，还能见缝插针地查案，这份魄力和能力堪比齐维了。

"我叔叔出狱后，神秘人发现叔叔的性子已经被监狱磨去了大半，没有能力为当年的奸杀案翻案，所以就开始策划报复我叔叔，于是他处心积虑地嫁祸给我，让叔叔想起当年的奸杀案，让他后半辈子在后悔和痛苦中度过。然而意外的是，我的逃跑给他带来一线希望，他开始留给我一些线索，让我通过目前的案子查到相关联的奸杀案。只要他隐藏好自己，再紧紧地跟着我，就有可能达到翻案的目的！"刘天昊说到这里喘了几下，显然他的身体还是虚弱得很。

"齐维的介入给你查案带来了很大的难度，加上叔叔刘明阳并未真的袖手旁观，在其中也起到了一定作用，让神秘人的计划没那么容易得以实现，所以他继续杀人嫁祸给你，逼着你不得不继续查下去。"虞乘风边开车边分析道。

"这人不但敢于栽赃我们的大神探，还把 NY 市另外一名神探也拉进局，面对两大高手的夹击毫无惧色，能力、胆色和智慧都是人中龙凤。"苗小叶说道。

对于苗小叶的话，他们不愿承认，却也无法反驳。能够不断杀人设局栽赃刘天昊，在蒋小琴家与刘天昊硬碰硬过招，还能轻松逃走，让齐维乖乖地为他查陈年旧案，又在苗小叶、慕容霜、刘明阳的追踪下隐匿形迹，单论能力，他已是顶级高手。

刘天昊点点头："没错，当齐维沿着线索查到罗爱凤是奸杀案的真凶后，王佳佳立刻报道了此事，神秘人祭拜了陆某某，但他一定知道我会沿着线索找到陆某某的坟墓，所以故意在现场留下了一块苹果，他在告诉我，剩下的这块苹果代表着当年与奸杀案有关的最后一个人，我叔叔刘明阳！"

"原来是这样！"韩孟丹倒吸了一口冷气。

如果刘天昊分析得正确，那刘明阳已经陷入巨大的危机中，神秘人随时可能在暗处出手，给予其致命一击，以最终完成报复。

众人再一次沉默，只剩下大切诺基引擎的咆哮声和警笛刺耳的声音。

过了好一阵，苗小叶打破了沉默，把她对神秘人的分析讲述出来。刘天昊听后思索了一阵，才说道："我完全同意小叶姐的分析，不过，他跑不了！"

刘天昊的话让众人精神一振，正义终是正义，无论邪恶藏得多深，最终会被正义所击败。

当刘天昊打开房门后，下意识地做了一个掏手枪的动作，却掏了个空，在他身后的虞乘风和韩孟丹暗道一声："不好！"

房间地面有一些滴落的血迹，墙上的一些相框散落在地上，刘明阳不知所踪！

第三十四章　关心则乱

关心则乱。

刘天昊以冷静沉着、超强逻辑、敏锐度极高著称，可当叔叔刘明阳被凶手劫持后，他却乱了方寸。

他几乎疯狂地冲出房间，跑到电梯旁不断地按着电梯控制按钮，电梯显示器上的数字并无半点反应，他正要转身前往消防通道，一只手却拉住了他的胳膊。

"你这样急躁是没用的，锁定凶手的身份才能解救叔叔，你这样慌里慌张地出去找，能找到吗？"韩孟丹语气平和地劝道。

刘天昊额头上的汗不停地冒出来："我不能让我叔出事！"

"没人想叔叔出事，但你得冷静下来。"韩孟丹的手并未松开，反而抓得更紧。

单凭力量，两个韩孟丹也抓不住刘天昊，但刘天昊却感到这只手上充满了力量，让他无法抗拒，他深吸了一口气，随后缓缓吐出，冲着韩孟丹点了点头："你说得对，谢谢你孟丹。"

"走吧，先看看现场。"韩孟丹慢慢地松开了手，转身朝现场走去。

虞乘风已经做完了现场勘查。除了客厅有搏斗痕迹之外，其他地方并没有明显的破坏，地面上散落的血迹呈紫黑色凝结状态。

刘天昊松了一口气："血迹成滴落状，说明叔叔所受的伤不重，很可能是口鼻受伤滴落在地面的，客厅中的大部分家具保持完整，说明两人搏斗的程度并不激烈，凶手应该是提前潜入房间，等叔叔进入客厅之后突然袭击，叔叔凭借本能抵抗了几下后晕厥……"

说到这里，他停住话头儿思索着。

"小区的物业管理很到位，公共区域都是摄像头，想避开很难。刘叔体重在80公斤左右，身材高大，凶手是如何把他运出去的呢？"苗小叶从外面走了进来，又说道："小区的监控我查过了，没发现可疑的人。"

她是国安局侦察员，办事效率和能力超群，几乎在看到房间内有血迹时，就立刻到物业去调监控。

刘天昊感激地看了一眼苗小叶："从客厅中残留的脚印来看，绑走我叔叔的人就是神秘人，目的却不是为了杀死他。"

虞乘风赞同地点点头："杀人很容易，但绑走一个人并不容易。"

绑架的目的性一般都是为了利益，刘明阳没钱，又是一个年近50岁的老爷子，没什么利益可图，神秘人究竟为什么大费周折绑架刘明阳？

按说和当年奸杀案有关的还有一个蒋小琴，但自打上次被袭后，蒋小琴立刻飞到国外躲了起来，至于躲到了哪里却没人知道，神秘人再神通广大，也没法查到蒋小琴的行踪，杀蒋小琴的事儿也就无从谈起。

刘天昊把沙发上一些散落的相片和相框拿到茶几上，随后坐在沙发上闭目思索。

苗小叶不知道状况，还以为刘天昊身体出了问题，正要上前询问，却被一旁的韩孟丹拦住。

韩孟丹和虞乘风并没有闲着，继续勘查现场收集着证据。

苗小叶是痕迹追踪专家，耐心是最基本的素养，但她却无法适应刘天昊的沉默，正当她准备上前查看刘天昊时，他却突然动了一下，脸上奇迹般地恢复了自信和从容。

"乘风，帮我查个人。"刘天昊从头到尾把线索都梳理了一遍，对神秘人的印象清晰了很多。

虞乘风正从地面上捡起一个物件放进证物袋里，听到刘天昊的声音后立刻应了一声，回到沙发前。

刘天昊站起身，说道："男性，NY籍，身高185厘米左右，体重90公斤，健壮，骨架很大，发型是刚健型，相貌普通，年纪在20岁左右，当过侦察兵，应该是两年后退伍，精通擒拿格斗，擅长使用匕首，能利用一切物件当作杀人工具，可能姓陆，如果念过高中，他的学习成绩很好，尤其是理科，但在高考时可能落榜，有较强的动手能力，可能会在一个加工机械的场地、车间或者手工小作坊。还有，他没有案底！"

虞乘风对刘天昊的分析并不惊讶，但在一旁的苗小叶却瞪大眼睛望着刘天昊。

"81式军刺早已被淘汰，他怎么会有这种军刺？"韩孟丹问道。

"早年，军队对军备品的管控比较弱，导致很多军备正品流到民间，三棱军刺和81军刺是早年流出来的，两者的功能仅限于杀人，比较单一，而之后研发量产的多功能匕首，比如95式多用途刺刀，因为军队管控比较严，市面上很少见到。神秘人手上有81式军刺并不代表着他是那个年代的兵。"虞乘风说道。

他是典型的军刺收藏迷，家里收藏的正品和复刻品数不胜数。

"乘风，你让文媛给神秘人做一幅肖像还原，以便核实他的身份，相貌就按照陆某某的相貌来做。"刘天昊说道。

虞乘风没再说话，比画了一个"OK"的手势，转身离开。

"你所说的这些是怎么分析出来的？"苗小叶感到好奇。

"首先可以肯定的是他的身份，在蒋小琴家里，我和他交手之前对过话，当时他以为我只是孤身一人，并未想到我提前在卧室里安装了监控。"刘天昊说道。

韩孟丹应了一声，但苗小叶依然是一脸蒙的状态。

她看向韩孟丹，韩孟丹微微笑了笑，把刘天昊和神秘人之间的对话重复了一遍，让刘天昊想不到的是，韩孟丹不但是一名好法医，还是一名绝佳的演员，不但把内容一字不落地说了出来，甚至连语境都完全匹配。

……

"他本不该死，却死了，那些该死的人却活着！"神秘人眼神中露出恨意。

"你所说的大约是那么回事儿，我有计划，但我没你想的那么多，也没那么复杂。我知道，想翻案很难，但仇恨一直跟了我这么多年，也不能坐视不理，你知道一个人内心充满仇恨的痛苦吗？你没痛苦过，所以永远不会懂。当我知道你开始查当年那件奸杀案时，我的任务就简单多了，你查到谁我就杀了谁，这样就可以保证万无一失。"

"你说啥都没用，铁证如山，就像当年的陆某某一样，你这辈子无法洗清冤屈，我感谢你帮我找到蒋小琴这个恶女人，今天她逃过一劫，但终究逃不出我的手！"

"从我杀朱占林的那天起，我就没打算再活着。"

……

神秘人的话在刘天昊的脑海里依然清晰，在韩孟丹重复这几句话时，他甚至能再次感受到神秘人语气中的决心和冲天的怨气。

"按照他的话分析，神秘人和陆某某之间肯定有血缘关系，否则也不可能豁出命来做这件事儿。"韩孟丹说道。

大多数人都抱着事不关己高高挂起的态度冷眼看世界，陆某某所涉及的奸杀案可以成为饭后谈资，可以成为新闻热点，但人们绝不会为陆某某鸣冤，甚至连同情都不会有，能真正感同身受的只有陆某某的至亲。

陆某某的父母当年身体就不好，别说复仇，连生计都很困难，陆某某被执行枪决后，老两口因为心里憋屈加上思念儿子，不久就先后去世，因此，能为陆某某做出如此大牺牲来翻案的也只有他的后代。

"神秘人的体型特征这个比较简单，因为我和他交过手，至于他的年纪，陆某某涉及的奸杀案发生在 1999 年 7 月，如果神秘人和陆某某有直接血缘关系，也就是陆某某的后代，按照时间推算，他的年纪绝不会超过 20 岁，按照 18 岁当兵来计算，应该是两年兵退伍，按照他的身手来看，应该是受过特种训练，但搏杀的技术并不成熟，无法在短时间内将我击杀，所以当天在蒋小琴家他并未和我缠斗，甚至不惜留下线索 81 军刺也要逃走。"刘天昊解释道。

苗小叶点了点头，她身为国安局侦察员，逻辑思维能力自不必说。

"据我所知，陆某某家庭条件极差，人又懒，名声也不好，并没有女友，也就不可能有后代。"韩孟丹说道。

"从理论上来讲是这样的，但凡事都有意外。"刘天昊拿出叔叔的手机晃了晃，又说道："齐维审讯罗爱凤很顺利，不但成功翻案，还得到了一些重要信息，当年的陆家曾经收留过一个患有精神病的女子一段时间，后来不知怎么，这个女子走失了，之后就再也没回来，也许就是这名女子给陆家留下了后代。"刘天昊分析道。

陆家当年是出了名的穷，陆某某继承了父母的守旧和懒惰，三口人连饭都吃不饱，如果没有特别的目的，不可能收留这名女子。

"既然是患有精神病的女子，就算生下了孩子，那孩子又是如何得知自己的身世？"韩孟丹几乎穷追不舍地问着。

"这一点目前还无法查究，但很快他就会给咱们带来答案！"刘天昊终于找回了自我，那个极具自信和睿智的自我。

第三十五章　温柔的报复

正义可能会迟到，却绝不会缺席。

这句话是美国大法官休尼特所说，但他原本的意思是"迟到的正义等同否定正义"。它已经被某些编剧和小说作者用烂、用歪，但在这儿不得不再用一次。

对于陆某某而言，无论现在的结果如何，正义也好、公义也罢，对他来说没有任何现实意义，生命只有一次，是单向性的，失去了就失去了。

陆某某拒不承认自己是奸杀案的凶手，却含着一身委屈走向刑场，怨气绝不逊色于窦娥。陆某某的父母本已年迈，应该享受天伦之乐时，却不得不倾尽全部家产去挽救儿子，当做了所有的努力无法救回儿子时，白发人送黑发人的苦绝不是嘴上说说那么容易熬的。

正义是有时限性的，否则正义就会有缺憾。

试想一下，一个人在20岁时杀了人，直到他活到七八十岁才被抓住，就算法院判了他死刑，这样的正义对于受害者、受害者家属乃至社会都会造成巨大的影响，绝不单单是迟到的问题了！

迟到好过不来，这句话也只能适应某种特定场合，无法适应在正义和非正义的领域。迟到的正义能给后人以警醒，却无法维护受害者以及家属的合法权益。

陆某某的案子翻案了，法官宣判时对着的却是空空的座椅，可想而知，法官此时此刻的心情会是多么沉重，而写着审判结果的那页纸会永远留存在法院的档案室中！

这种案子齐维见得多了，对于审判结果，他只是轻轻地舒了一口气，走出法庭后，甚至都没正眼看法官一眼，拿出手机，给刘天昊打了一个电话："兄弟，我的事儿都做完了，剩下部分就看你的了。"

齐维做事干净利落，属于他的事他会全力以赴，别人分内的事儿，他绝不插手。

"好。"刘天昊心情比较复杂，也不知说什么好。

陆某某的案子翻案了，算是有个终了，但整个事件对他来说却正处于最大的危机。这件案子是他叔叔刘明阳办理的，虽说在未办完案子的情况下被紧急调走，但这笔账还是要算在他头上。

现在凶手已经如愿，但执念已深，蒋小琴连夜离开 NY 不知所踪，刘明阳是凶手能接触到的最后一个相关人，最后的报复一定会落在刘明阳身上。

时间一分一秒地过去，刘天昊已经把车开到极限速度。

"昊子，你稍微慢点开，刚才你不也分析了吗，如果凶手要杀叔叔，在家里就动手了，没必要非得冒险绑架他。"韩孟丹的手紧紧地抓着车窗上的把手说着，坐在后座的苗小叶也吓得脸色苍白。

刘天昊点了点头，把车停在路边对韩孟丹说道："我心情有些浮躁，还是你来开车吧。"

没等韩孟丹应声，苗小叶抢先说道："我来吧，无论如何我都是局外人，最冷静的应该是我。"说完，她下了车和刘天昊互换了位置，开车继续向公共墓地方向驶去。

刘天昊的心乱极了，好像无头苍蝇一般，没着没落。遇事要冷静，这个道理他懂，但事情真的到了自己身上，怕是也很难冷静下来。

他能够进入警察的行业，是因为他认为叔叔刘明阳是冤枉的，"NY五号案件"另有内幕，他立志要帮助叔叔平冤昭雪，然而刘明阳的反应却出乎了他的意料，不但对"NY五号案件"只字不提，现在又卷进奸杀案中生死未卜。

一阵电话铃声把刘天昊的思绪拽了回来，虞乘风的声音从话筒中传出，语气带着兴奋："昊子，按照你对嫌疑人的推断，我找到人了，资料我马上发给孟丹。"

刘天昊一听，颓废立刻去了大半儿，说道："太好了，无论如何，我都要谢谢你。"

"嗨，咱们哥们儿之间还说这个，对了，文媛做了肖像还原，画像同步给你了，和资料上的照片几乎一样！"虞乘风说道。

刘天昊应了一声。虞乘风的调查结果并未出乎他的意料，但现在凶手的身份已经不重要，重要的是叔叔的性命！

"派出所提供的资料上有一个电话，应该是两年前办理的那批电信号段，我怕打草惊蛇，没敢打。"

"好，乘风，咱们兵分两路，你带人去嫌疑人家附近监视，千万不要轻举妄动，有消息随时联系。"刘天昊说道。

"好！"

多年的搭档无需多说，刘天昊放下电话后看向车窗外，车辆进入了乡村地界，代替城市高楼大厦的是一排排自建的乡村小别墅，虽说没有城市建设规划那样整齐，却别有一番味道。

韩孟丹打开手机，念着虞乘风传来的资料。

……

陆云波，男，NY籍，21岁，身高185厘米，体重86公斤，高中毕业后参军，在新兵训练营成绩优异被选入某某集团军特种大队，做上等兵时，在集团军组织的演习中表现优异，荣立二等功一次，原本准备年底提干，却因为父亲是陆某某而政审不过，导致错失提干机会。

在两年义务兵服役结束后，他黯然离开部队，回到老家NY后，也是因为父亲的问题，在安置时排到了最后一名，进入一家即将面临破产的企业当保安，干了 3 个月的保安却连工资也领不到。

无奈之下，他只得到社会上应聘工作，可他除了强壮的身体和好身手之外，并无生存技能，最后还是在一家保安公司做保安。他保持着一贯的军人作风，做事一丝不苟，却因为太认真，屡次得罪了小区的业主，被投诉数次后，再次被开除。

好在他的一个开修配厂的战友让他来厂子当学徒，虽说工资比较少，至少得到了一些温暖，他本可以把修车的技术学到手，一步步成为修理大工，再凭借着军人的硬作风开一家属于自己的修配厂，可一件不幸的事儿却发生了。

他母亲的精神病复发，不知怎么的又跑到了高速公路上，被一辆飞驰而来的大货车撞死，因为他母亲是事故发生的全责一方，所以只是象征性地得到了一点赔偿。

……

"资料上只有这些，文媛根据你做出的研判做了肖像还原，和资料上的相片几乎一致。"韩孟丹把手机递给刘天昊。

刘天昊看了一阵后，点了点头，说道："就是他，绝对错不了。"

刘天昊与陆云波在蒋小琴的别墅交过手，虽说没见过他的真面目，却可以依稀感觉出来。

"修配厂可能就是陆云波的落脚点，修理车间可以有改造弓弩的条件。"刘天昊说道。

"要不要去修配厂看看？"韩孟丹问道。

刘天昊摇摇头，指了指前方的荒山："如果他不在这儿，我们再去修配厂。"

……

令刘天昊和韩孟丹想不到的是，苗小叶体力超强悍，还在两人面前展示了一把追踪技能，她不时地蹲下用手摸了摸地面，等刘天昊两人赶上来时，她才说道："这条路有你的脚印，另外还有两个人的，一个就是嫌疑人陆云波，还有一个步履蹒跚，左腿有些微跛，应该是……"

"嗯，是我叔叔。"刘天昊也仔细看了看山路，却什么都看不出来，内心不禁佩服着苗小叶。

刘明阳早年在追捕犯人时左腿受过伤，加上数年的牢狱生活，腿伤得不到很好的保养，以至于走路时有些微跛。

"从步距来看，你叔叔的双手应该是可以自由摆动的。"苗小叶说道。

刘天昊点点头，眼神中又燃起希望。

刘天昊曾经来过一次，对这座山比较熟悉，带着苗小叶和韩孟丹很快来到荒坟所在的半山坡，刚一上来，他们就看到陆某某的坟前有两个人，一个正是和刘天昊交过手的陆云波，另一个人跪在陆某某的坟前，是刘明阳。

刘天昊下意识地做掏枪的动作，却掏了个空，只好上前一步："陆云波，快放了我叔。"

韩孟丹和苗小叶从两侧抄向陆云波。陆云波苦笑一声，耸了耸肩。

"小昊，你别过来，他没强迫我做什么，这一切都是我自愿的。"刘明阳说完这句话回过头，脸上尽是忏悔之意。

刘天昊皱着眉头思索片刻，这才缓过神来。刘天昊的大部分搏击功夫是刘明阳教的，刘明阳虽说坐了牢，身体却并不差，陆云波再厉害，也不可能轻松将他击败并带走，应该是两人交手之后，刘明阳认出了陆云波，自愿跟他离开，这样就能解释为何陆云波能够悄无声息地把刘明阳带走的原因。

"叔。"

"一切都是我的错，当年我因为另外一件案子被临时调走，等我再回来时，陆某某的案子已经了结，执行了死刑。"刘明阳说道。

刘天昊看了一眼陆云波："可无论如何，你都不该杀那些无辜的人。"

陆云波哼了一声，说道："我知道你的理论，就算人有罪，也要交给法律来审判，但有些事儿不是光靠法律能解决问题的，比如高利贷王嘉利那帮人渣，毁了多少家庭，但法院很可能判他一个非法集资，三五年就出来了。"

刘天昊摇摇头："凭你的本事和能力，应该可以有一番作为的，为什么要用这么大的代价翻案？"

陆云波狂笑一阵，说道："你知道那件冤案带来多大伤害吗？"

他用手摸了摸墓碑，脸上露出无尽的悲伤。

有一个杀人犯父亲，他的童年不可能过得太愉快，再加上一个精神病的母亲，最终导致他性格扭曲。好不容易当了兵，一番努力后有了提干的资格，还是因为父亲的原因被刷了下来，失去了改变人生的一次机会。

"不过你放心，我的目的已经达成，不会再杀人了。"陆云波转身朝着远处的山峰看了一眼，眼神中带着对尘世的不舍。

韩孟丹和苗小叶听到这句话后停住脚步，陆云波已经表态，没必要再强行抓捕，引发不必要的损伤。

"但你们也别想抓到我，我不想去坐牢！"陆云波突然笑了起来。

"不好！"刘天昊知道陆云波想做什么，毫不犹豫地冲向他。

第三十六章　故事的背后

陆云波的死是坚决的，没有半分拖泥带水，一把 81 军刺插进左胸部刺入心脏。

刘天昊一把扶住快要倒地的陆云波："孟丹，快！"

鲜血从衣服中快速渗出来，染红了整个前胸，陆云波的脸色"刷"地一下变得惨白，原本冒着精光的双眼瞬间失去了光辉。

韩孟丹只看了一眼，便冲着刘天昊微微摇摇头。她是法医，对人体结构非常熟悉，这一刀正好刺在心脏上，从刀身长度看，刀已经贯穿了心脏，就算世界上最好的外科医生立刻做手术也无法挽救他的生命。

"我活得太累了。"陆云波艰难地说了一句，嘴唇开始哆嗦起来。

……

人的命是无法选择的，从出生一刻，家庭、财富、地位就是注定的，父母是农民还是工人，是商人还是官员，是平民还是贵族，这些都无法改变。

运是可以通过后天努力改变的，通过努力考上大学，成为科学家、教师；通过努力成为包工头，再到建筑商、开发商等，但并非所有的努力都会有结果。

陆云波无疑是典型的例子，在新兵训练营时，他百倍努力过，取得了其他新兵都不曾有过的成绩，在选进特种大队后，他曾经努力过，为的就是能有立足之地，能留在部队继续贡献自己的力量。在他不得不离开部队后，他依然努力，当保安、做汽车维修工。然而这一切努力都随着他父亲所涉及的案子灰飞烟灭，他发现这个世界对他是不公平的，对他的父亲也是不公平的。

于是，他开启了一条最为艰难的路，为自己的父亲翻案平反，为自己的命运做根源性的改写。翻案的难度超乎了他的意料，案卷、当事人、办案民警，甚至包括对他父亲和受害人的了解，他几乎无从下手。

翻案对于警察来说都不是件容易的事儿，更何况是不在警察体制中的老百姓。

他回到村里向知情的村民了解情况，但村民们一看到他的长相后，就知道他是陆某某的后代，人们对陆某某的歧视延续到了陆云波身上，人们见到他仿佛见到瘟疫一般，尤其是女性，更是躲得远远的。

村民们的冷漠让陆云波终于尝到了人情冷暖，让他知道了冷漠对一个人的伤害绝不仅仅是身体上的，精神上受到的打击更大。

派出所的警察对他的询问更是抱着多一事不如少一事的态度，敷衍了事地回答着，至于查找当年陆某某奸杀案档案的这种要求，更是被拒绝了。

幸好一名上了年纪的老人同情他，告诉他当年查案的民警叫刘明阳，是当时有名的神探。

陆云波看到了希望，立刻找人打听刘明阳的情况，令他失望的是，刘明阳因为"NY五号案件"进了监狱，当年负责审讯的法官退休后离开NY，不知道在哪里安了家。

当陆云波得知刘明阳即将出狱的消息后，他感觉希望又来了。

他围绕刘明阳展开调查，发现NY市现在最著名的神探刘天昊正是刘明阳的侄子，如果能把刘天昊拖下水，刘明阳自然就会深入其中。

他盯上了刘天昊，又盯上了刘天昊正在查的朱占林，一条计策在他的脑海中形成了。

朱占林是欲望极强的人，只要给钱，他可以做任何事情，至于姐妹花和王嘉利完全是意外，他们原本不在陆云波的计划当中，但随着刘天昊调查的深入，陆云波发现了姐妹花的恶和王嘉利称王称霸的一面，为了推着刘天昊继续前行，他选择杀了他们嫁祸给刘天昊。

陷害刘天昊成功之后，他原以为刘明阳会为了刘天昊查案，他会在适当的时候给予一些提示，让刘明阳能够想到当年的奸杀案。没想到的是，刘明阳没有太大的反应，刘天昊也出人意料地逃脱，另一名神探齐维奉命介入调查。

对于陆云波来说，他的压力无比巨大，对付刘明阳他还绰绰有余，但NY市两大神探都介入此案，而且还有一个国安局的侦察高手苗小叶，让他不得不小心翼翼地做事。

两大神探并没有让他失望，在刘明阳的提示下，齐维和刘天昊都想到了眼前的案子和当年的奸杀案雷同，要解决冤案，必须从源头的奸杀案查起。

……

"你没让我失望，刘警官。"陆云波的手紧紧地抓住匕首手柄，准备拔出来。

军刺一旦离开心脏，心脏的伤口就会崩开，大量鲜血流出，用不了30秒，陆云波就会丧命。

刘天昊一把按住他的手，虽说他心脏被刺，但刘天昊依然能够感受到这双手拥有爆炸性的力量。

"你没必要这么做。"刘天昊说道。

这句话在韩孟丹和苗小叶听来，有着截然不同的效果。韩孟丹是从杀人栽赃的事儿上来听，而苗小叶是从陆云波自杀这件事儿上来听这句话的。

"有必要，你没经历过那些苦难，不知道什么叫水深火热，我的童年、青春，这些回忆都让我无比痛苦，在这个世界上，没人能理解我的苦楚，我也不奢求什么，那份判决书你帮我在我父亲和我的坟前各烧一份吧。"陆云波身体晃了晃，显然他的力量在迅速流失，一个强大的生命力即将衰亡。

刘天昊郑重其事地点了点头。

陆云波一笑："有一封信是留给你的，可以帮你洗清冤屈，不过，我不想和你说对不起，因为我知道你一定能破案。"

"所以从一开始，你就抱着必死的决心。"刘天昊叹了一口气，他感到陆云波的手在颤抖，胸前的匕首传来的心跳越来越弱。

陆云波点了点头："朱占林案我留了破绽，相信你和齐队已经识破了，我担心的是，你们想不到奸杀案和你的案子的关联性，毕竟这是两件案子，还相隔了这么多年。"

刘天昊没说话，只是默默地点了点头。

"我知道你有一些疑问，还有记者王佳佳，她一定想着等我进监狱时做我的专访，放心吧，一切我都安排好了，都在给你的那封信里，我希望这封信能公开出去，算是给世人一个警醒，给社会能带来一点进步。"陆云波说着说着，眼神突然黯淡下去，脸上时而迷茫、时而兴奋、时而安详。

"我看到我父亲来了，他的灵魂上了天堂，他很高兴，我也高兴，谢……"陆云波话未说完，整个人突然一软，任凭刘天昊再怎么扶着也扶不住，倒在了地上。

韩孟丹蹲下身子查看了一阵，最终摇了摇头："已经死了。"

刘明阳长叹一声，从坟前站了起来，向陆云波鞠了一躬，随后缓缓地向山下走去。

"孟丹，这儿交给你了。"刘天昊说了一句后，就向刘明阳的方向冲了过去。他知道叔叔的性格非常刚烈，作为一名警察，自认为一生都没犯过错误，现在不但"NY五号案件"让他坐了牢，又牵扯到一件多年前的奸杀冤案，万一想不开……

山崖不高，大约距离崖底十几米的样子，崖底的岩石嶙峋，在太阳余晖的照耀下，散发出象牙般的朦胧，悬崖的侧面是被大自然磨得锃亮的云母岩，从远处看仿佛一面镜子般，能映照人的命运。

刘明阳和刘天昊坐在悬崖边一块突出的岩石上，刘明阳的银发被夕阳染成了橘红色，却掩饰不住他的衰老。

"我知道你要问什么，可我不会告诉你的。"刘明阳有气无力地说着，语气中却透露着坚决。

"我只是不想您带着冤屈过后半辈子，就像陆云波一样，人活着总要有一个奋斗的目标，'NY 五号案件'就是我的目标。"刘天昊说道。

"不一样，我的事儿和陆某某的奸杀案不一样，你现在还不懂，等你真正懂了，就会懂了。"刘明阳苦笑一声。

他的话很拗口，刘天昊却听得明白。

懂了就是懂了，不懂就永远不会懂，这句话并不难懂，却很难做到。

陆某某在奸杀案中始终处于被动的角色，被动地被捕，被动地在口供上签字，被动地被宣判，被动地被执行死刑，从来没有给他选择的机会。

而刘明阳的"NY 五号案件"却完全不同，第一次选择就是刘明阳主动做出的，而后的审查、判决也都是在他的力推下完成的，等同于他把自己送进了监狱，至于背后的苦衷，除了他本人之外，怕是没人能参透其中的蹊跷。

"别把心思放在叔叔身上，叔老了，属于我的时代过去了，无论是冤屈也好，活该也罢，都过去了。"

"可是我这儿它过不去，你的生活、理想都因为它破灭了，它不但毁了你的一生，也毁了咱们整个家庭！"刘天昊很少用这种严肃的口吻和叔叔说话，但这次他动了真格。

刘明阳耸了耸肩，指了指远处的 NY 城："你知道有多少罪恶隐藏在这繁华的都市之下吗？"

"罪恶是伴随着人类而生的，无法根除，但正义的光芒总会照亮每一个黑暗的角落。"刘天昊叹了一口气。

“这可不太像你说的话，太文艺了。”刘明阳呵呵一笑，随后拄着腿准备站起身，可能是坐得久了，站了几次都没站起来，看了一眼一旁的刘天昊：“还是你扶我一下吧。”

刘天昊知道叔叔性格很要强，要是他不让扶，你硬是去扶他，会惹得他非常不高兴。

见叔叔一脸无奈的样子，刘天昊扶着叔叔站起身，给他拍了拍身上的土，两人缓缓地朝着山下走去。

……

现代是一个舆论传播极快的时代，陆某某奸杀案的报道立刻被网民疯狂转发，纷纷呼吁政府和司法部门进行司法改革，并举一反三地进行自查自纠，还有些网友指责相关职能部门不但要翻案，还要对当年的办案人员进行处理，否则难平民心。

报道最为详实、传播最广的当数王佳佳的报道，评论区自然少不了各种各样的评论，而此时的王佳佳已经没有当年的浮躁，对事件发表了非常中肯的意见。

奸杀案和陆云波翻案给人们带来了很多启示。

单纯地追求司法的快速执行力势必会产生漏洞和隐患，它们不但会给受害者以及家属带来巨大的伤害，对维护司法严肃性也极为不利。盲目地执行所谓的民意，对事件真相的查究会造成阻碍，甚至被假象蒙蔽双眼。

刑法的目的不是为了单纯地惩罚，而是维护社会秩序，是国家长治久安的工具，至于惩恶扬善只是刑法的目的之一，不是全部。

一件案子发生后，人们往往只关注刑罚结果，而不关注刑罚后带来的社会影响。比如本案中的陆云波的成长。刑罚后缺少相应的关怀，会造成更多的罪恶出来。

刑罚能抑制罪恶，却无法根除。根除罪恶的终极办法是净化人心，去除人内心的欲望。

但没有欲望的人还是人吗？

答案是矛盾的，却引人思考。

（本卷完）